日本名城紀行 4

長部日出雄
五味康祐
尾崎秀樹
戸部新十郎
永井路子
邦光史郎
神坂次郎
北条秀司
田中千禾夫

SHOGAKUKAN
Classic Revival

目次

浪岡城

長部日出雄

おさべ・ひでお
1934年〜。73年、「津軽じょんから節」と「津軽世去れ節」で直木賞受賞。ほかに「見知らぬ戦場」「風雪平野」など。

伝説の城

浪岡城《なみおかじょう》は伝説の城である。

実在しなかったという意味ではない。青森県《あおもりけん》南津軽郡《みなみつがるぐん》浪岡町に、遺構の一部は残っているのだが、津軽為信《ためのぶ》の攻撃をうけて落城したさい、記録が失われてしまったので、多くのことが、いまなお深い謎《なぞ》に包まれているのである。

代々の城主は、南北朝時代、南朝方の忠臣として活躍した名門北畠《きたばたけ》家の子孫であった。建武《けんむ》中興と南朝方の中心人物であった公家《くげ》北畠親房《ちかふさ》の子孫が、いったいどうして、本州北端の浪岡に住みつくことになったのだろうか——。

北畠氏と津軽の結びつきは、まず建武元年（一三三四）、親房の長子顕家《あきいえ》が、鎮守《ちんじゅ》府将軍陸奥守《むつのかみ》に任じられて、義良《のりよし》親王を奉じ、陸奥・出羽《でわ》を鎮定したことに始まっている。

そのころ津軽を治めていたのは、安東氏《あんどう》という豪族であった。

安東氏は、陸奥守北畠顕家に服従したばかりでなく、南北朝の争乱が始まると、顕家の軍の一翼に加わって、足利尊氏《あしかがたかうじ》の軍と戦った。顕家の軍は、一時は優位に立ったものの、足利軍の数に押されて敗退をつづけ、大将の顕家は、石津《いしづ》（いまの堺《さかい》）で戦死してしまった。このとき顕家は、満で二十歳の若さだった。

話はそのあといくつかにわかれる。ひとつには、

――顕家の遺児顕成《あきなり》が、北畠の残党に守られ、安東氏を頼って、本州北端の津軽まで落ちのびてきた……、

という説。これはさまざまな理由で、信憑《しんぴょう》性が薄いとされている。もうひとつは、

――顕家の弟の顕信《あきのぶ》が、安東氏を頼ってきた……、

という説で、このほうが可能性としては強い。とにかく北畠家に縁のあるものが、津軽まで落ちのびてきたことは確かなようで、日本海に面する福島《ふくしま》城を主城にしていた安東氏は、支城の浪岡城を改築して、彼を手厚くここに保護した。

そこには南朝方の残党が、全国の各地からぞくぞくと流れ込んできた。こうし

て浪岡城は、南朝方の最後の拠点になった。

足利尊氏は、北畠顕家の軍を滅ぼした翌年、北朝から征夷《せいい》大将軍に任ぜられて、天下の実権をにぎったが、南朝方の目から見れば、彼はあくまでも北朝方の征夷大将軍であって、陸奥鎮守府将軍は北畠顕家なきあと、そのあとを継いだものであるはずであった。

また北畠の一族と安東氏が、浪岡城を「浪岡御所」とよぶようになったのは、やがて南朝方の天皇を迎えて、そこを名実ともに、

——もうひとつの天下の中心にしよう、
という夢を描いていたからだろう。

平時は商船団である水軍をもち、松前《まつまえ》（北海道）と上方《かみがた》を結ぶ交易で莫大《ばくだい》な利益をあげていた安東氏は、その夢を実現するのに足りるだけの財力をもっていた。

最初の浪岡御所は、天ケ岳（いまの天狗平《てんぐだいら》山）につくられたという。おそらく山頂に城を築き、山麓《さんろく》に根小屋を置く中世の典型的な山城であったろう。

南朝の再興を期して、足利軍を迎え撃つ覚悟を決めていたはずの北畠一族にと

って、これは当然の構えである。

ところが、やがて明徳《めいとく》三年（一三九二）、都では南北朝の合一が成立し、津軽を拠点として南朝の再興をはかろうとした「浪岡御所」の夢は、幻のように消えてしまった。

それればかりではない。「浪岡御所」の後ろ盾であった安東氏も、室町《むろまち》幕府から陸奥守に任じられた南部《なんぶ》氏による再三の攻撃をうけて、とうとう滅び去ってしまったのである。

京の夢

後ろ盾の安東《あんどう》氏が滅亡したあと、孤立した北畠《きたばたけ》家を討つのは容易なことである。だが南部《なんぶ》氏はそれをしなかったばかりか、津軽《つがる》の統治を、北畠家にまかせた。

直接的に支配するより、かつて陸奥鎮守府将軍《むつちんじゅふしょうぐん》であり、南朝方随一の忠臣であった名門北畠の家名を利用して、すこぶる反抗心の強い津軽の諸豪族を、間接的に治める道をえらんだのだ。

ただし北畠家には、南朝再興の夢を捨てることを条件にして、居城を天ヶ岳の山上から、平地に移させた。これが浪岡《なみおか》へ来てからの四代目、北畠顕義《あきよし》のころであったという。現在、残っている遺構は、この新城のものである。

京の都に憧《あこが》れていた顕義は、浪岡の梵珠山《ぼんじゅさん》を比叡山《ひえいざん》に見立てられる場所に築城して、祇園《ぎおん》・加茂《かも》・春日《かすが》の各神社を模した建物を、そのまわりに配置した。

水濠によってくぎられた城内には、内館《やかた》を中心に、西館・北館・東館・猿楽館《さるがくだて》と、五つの館がつくられ、のちに新館と検校館《けんぎょうだて》が加えられた。

顕義は城内で、猿楽を見物し、盲目の琵琶《びわ》法師の奏楽に耳を傾け、酒宴に日を過ごし、さらにおおぜいの家来を連れて、京都の建築をまねてつくらせた数々の神社・仏閣や、近くの景色のいい場所へ、参詣《さんけい》と物見遊山をくり返した。

それらに要する費用は膨大なもので、北畠家は財政難におちいったが、奉行《ぶぎょう》は苦境を切り抜けるために、領民からの年貢の取り立てをきびしくしたばかりでなく、家臣の俸禄《ほうろく》まで削ったので、家臣と領民の心はともに顕義から離れ、非難の声が続出して、つぎつぎに内紛がおこった。

見かねた南部家は、津軽惣《そう》政務の任を、顕義から取り上げた。こうして、かつて建武《けんむ》中興の中心人物であった北畠親房《ちかふさ》の子孫は、南部氏の津軽郡代に臣従する一城主になってしまったのだった。

一城主といっても、北畠家の領地は、田舎《いなか》郡二千八百町と、奥法《おくのり》郡二千余町に及んでいた。これだけの領地をもちながら財政難におちいったのだから、顕義の驕奢《きょうしゃ》が、いかに途方もないものであったかがわかる。

弱りかけていた北畠家の力を、さらに削《そ》いだのは、本家と別家の争いであった。八代目具運《ともゆき》のとき、年始の挨拶《あいさつ》に来た別家（川原御所と称していた）の具信《とものぶ》・顕重《あきしげ》親子は、大御所の具運を殺害した。以前から領地のわけ方をめぐって対立していたのである。具運の弟の顕範《あきのり》は、

——大御所に弓引いた謀反《むほん》者、兄の仇《あだ》……、

と弔い合戦をしかけて、具信・顕重の親子を殺し、川原御所を滅ぼしてしまった。

つまり北畠家の領地は、ふたたび本家の浪岡御所に一本化されたのだが、別家の川原御所の一族郎党《ろうとう》が四散してしまったので、兵力としては、かなり削減されたことになる。

川原御所を滅亡させた顕範は、大御所の遺児顕村《あきむら》が、まだ五歳の年少であったので、その後見役となって北畠家の実権をにぎった。

逃げ出した川原御所の利顕《としあき》（顕重の子）は、津軽土着の豪族である大浦《おおうら》氏の家に身を寄せた。この「川原御所の変」のおきたのが、永禄《えいろく》五年（一五六二）のことである。

それから五年後の永禄十年――。

大浦の家に、ひとりの若者が婿養子としてやってきた。大浦為則《ためのり》の次女戌姫《いぬ》と祝言《しゆうげん》をあげたのが、三月十日。それから六日後に、まえから病床に伏していた為則が死んで、婿入りしてきたばかりの若者は、大浦家の家督になった。

この大浦弥四郎《やしろう》が、のちの津軽為信《ためのぶ》である。

大浦弥四郎という男

大浦《おおうら》の家の養子になった弥四郎《やしろう》の出自には、いまも定説がない。津軽《つがる》家の記録によれば、大浦為則《ためのり》の甥《おい》ということになっているのだが、南部《なんぶ》側の記録によれば、南部の支族久慈《くじ》氏の出身となっており、これが津軽為信《ためのぶ》逆臣説の根拠になっているのである。

いずれにしても、十七歳で大浦家の婿になり、六日後には義父為則の死によって、早くも家督となった弥四郎が、そのころからすでに、支配者の南部に対して反乱の戦をおこそうと考えていたことは確かなようだ。

なぜなら、大浦の家督になった翌年、彼は南部に敵意をもっている津軽の豪族・地侍《じざむらい》、それに土一揆《つちいっき》の首領などを、雉子《きじ》狩りに事寄せて岩木《いわき》山の裾野《すその》に集め、ひそかに戦の稽古《けいこ》をこころみているからである。

そのころ、津軽には天災が相次いでいた。弥四郎が大浦の家を継いだ永禄《えいろく》十年（一五六七）までの約十年は、つぎのような歳月だった。

永禄二年。三月七日夜、地震。翌日より大雨となり、河川が氾濫《はんらん》して、田畑の大半が冠水。その後、四月から七月まで雨が降らず、当年は旱魃《かんばつ》の飢饉《ききん》にて難儀。

同三年。春より段々に米高くなり難儀。

同八年。夏になっても一向に蟬《せみ》の声が聞こえない寒さで、八月五日には大冷風《やませ》が吹き、稲は黒く、豆の葉は赤くなり、昔より覚えのない大凶作となる。米の値段、一俵三拾匁となって、諸民難儀。

同九年。前年の十二月より、道の所々に死人ことのほか多く、米の値段はさらに高くなって、一俵五拾匁余となる。

同十年。雪が消えるとともに、藤崎《ふじさき》城取繕《とりつくろ》いの儀につき、南部より役人多く参り、人足多く召出されて、諸民難儀……。

つまり天災による飢饉がつづいて困窮していたところへ、支配者の南部が城の改築工事を命じたりしたので、津軽の領内には、南部に対する不満が渦《うず》を巻いており、方々に土一揆が頻発《ひんぱつ》しはじめていた。弥四郎は、この不満を結集して、それに火をつけようと考えたのだ。

この十八歳の若者は、たんなる猪武者《いのししむしゃ》ではなかった。

岩木山の裾野でひそかに軍事演習を行なった翌年、彼は羽州山形《やまがた》の城主最上義光《もがみよしあき》のもとへ、使者を送って誼《よしみ》を結び、上方《かみがた》の情勢をくわしく教えてもらういっぽう、前年に足利義昭《あしかがよしあき》を奉じて京に入り、天下の実権をにぎりかけていた織田信長《おだのぶなが》に、自分を推挙してくれるよう頼んだ。

軍略だけでなく、外交戦略にも心を配っていたのである。そのつぎの年には、彼自身が山形まで行って、ふたたびまえと同じことを頼み込んだ。

帰ってきてから、彼は南部家の津軽郡代として石川《いしかわ》城にいる南部高信《たかのぶ》に、石川城とは目と鼻の先にある堀越《ほりこし》城を、

「修築して献上したい」

と申し入れた。堀越城は、長い間無人の城であったので、荒れ果てていた。

南部はこれまで、城の改修工事を行なうたびに、津軽の領民の反抗にあっている。高信は大喜びで、大浦弥四郎の殊勝なことばをうけ入れた。

弥四郎は、大浦からたくさんの大工と人夫を引き連れてきて、堀越城の修理を始めた。大工・人夫・荷車の列は、連日、大浦と堀越の間を往復した。

荒れ果てていた堀越城は、見る見るうちに面目を一新し、元亀《げんき》二年（一五七一）の四月末には、まえとは比較にならないほどの堅固な要塞《ようさい》となって完成した。

そしてこのとき、城のなかには、材木や土俵のなかに隠して運んだ武器や兵糧《ひょうろう》がぎっしりと積み込まれ、大工や人夫に姿を変えてまぎれ込んだ数百の大浦勢が、じっと息を潜めるようにして、目の前にある石川城への攻撃開始を待っていたのである。

奇襲戦法

大浦弥四郎《おおうらやしろう》の石川城《いしかわ》攻撃は、五月五日の未明に始まった。

いうまでもなく五月五日は、端午《たんご》の節句である。人びとは邪気を払うために菖《しょう》蒲《ぶ》や蓬《よもぎ》などを軒先にさし、粽《ちまき》や柏餅《かしわもち》などを食べる。とくに武家にとっては、この日が男児の節句であり、菖蒲が尚武に通じるところから、当時は正月に匹敵する大きな行事だった。

そして南部《なんぶ》には、四日の前節句の夕方に、菖蒲や蓬を屋敷の入口にさすと、五日の朝食がすむまで、家のものは外に出ることができない、という風習があった。南部から来た侍《さむらい》は、津軽《つがる》でもこの風習を守っている。だから四日の夜には、城内に残ったごく少数の勤番士をのぞいて、大部分の侍が城下の自宅に閉じこもっていた。弥四郎はそのことをよく知っていて、城内にあまり人のいない五月五日の未明を、攻撃の時にえらんだのだ。

一番手は、小栗山左京《おぐりやまさきょう》・砂子瀬勘解由左衛門《すなこせかげゆざえもん》など忍びの者に率いられた野武士のものたち八十三人だった。刺し子の厚い着物に頭巾《ずきん》をかぶった火事装束で、長さ六尺（約一・八メートル）ほどの樫《かし》の棒を持った彼らは、忍者の先導で城壁を越えると、城内の建物につぎつぎに火をつけて回った。

奇襲は、あっけないくらいに成功した。石川城の侍の数は、大浦勢よりずっと多かったのだが、大半は城下の自宅に帰っており、城に火の手と叫喚の声があがったのを知ってとび出してきたときには、回りを大浦勢にかためられていて、ひとりも城内へ入ることができなかった。しかも、南部方の侍は、ひとり、ふたり、三人……といった数で駆けつけてきたので、たちまち大浦勢の足軽にとり囲まれて槍《やり》で突き伏せられてしまった。

忍者と野武士の一番手につづいて城内に入った二番手・三番手の侍たちは、意表を衝《つ》かれて狼狽《ろうばい》している南部勢を、勢いに乗じて追い回した。形勢の不利を知った城主南部高信《たかのぶ》は、屋形の一室で腹を切って憤死した。

こうして二十一歳の大浦弥四郎は、主家の南部に対して反旗をひるがえしたその日に、南部の津軽郡代を討ち取り、また同じ日のうちに、南部のもうひとつの支城和徳《わっとく》城をも攻め落としてしまったのである。

しかし、このときすぐに南部の軍勢が、大挙して津軽へ攻め寄せてくれば、まだ地侍《じざむらい》と野武士とあぶれ者の集まりであった大浦勢は、ひとたまりもなかったのかもしれない。

南部の領主である南部信直《のぶなお》がそれをできなかったのは、弥四郎がすでに、南部の九戸政実《くのへまさざね》に手を回していたからだった。九戸政実は同じ南部の一族であったが、信直との家督争いに敗れてから、ことごとに彼と対立していた。

弥四郎は、石川城攻撃を始めるまえに、その九戸政実と密約を結んでいた。石川城を攻めた自分を討つために、南部信直が大軍を率いて三戸《さんのへ》の城を留守にしたら、

――その隙《すき》に三戸城をとってしまわれるがよい、

と、九戸政実にけしかけたのだ。そしてじっさいに、信直が弥四郎の反乱と、石

川・和徳両城の落城を知って憤激し、津軽へ大軍を進めかけたとき、その後方をねらった九戸政実の動きを察知して、信直は歯ぎしりしながら、ついに南部を離れることができなかったのだった。

弥四郎の戦い方は、いつでもこうであった。まず用意周到な外交戦略。次いで相手の意表を衝く奇襲。一番手はいつでもあぶれ者や野盗出身の忍びの者。戦術の主力は、武力による正面衝突よりも、城の焼き討ちである。いわばゲリラ戦法であった。

これに対して南部方の戦い方は、武士道の常道を踏む正統的なものであったから、大光寺《だいこうじ》城をめぐる攻防で、一度は弥四郎を窮地に追い込んだものの、たいてい彼に裏をかかれる結果になってしまったのは、当然のことであったのかもしれない。

弥四郎はいったん戦を始めると、速戦即決をむねとしたが、つぎの戦を始めるまでには慎重に時間をかけた。津軽一円にある南部の支城を落としていく過程において、大光寺城を苦戦ののちに攻略したのは、石川城と和徳城を一日のうちに落としてから四年め、北畠氏《きたばたけ》の浪岡城《なみおか》を攻めたのは、それからさらに四年後、弥四郎が二十八歳のときである。

弥四郎と無頼漢たち

北畠顕村《きたばたけあきむら》は二十一歳になっていた。五歳のときから後見役の叔父《おじ》顕範《あきのり》に操られるままに育ったので、性格が弱く、顕範が死んだあとも、その子の顕則《あきのり》に実権をにぎられていた。

これまでいくつもの戦をかさね、領地をひろげて、着々と力を蓄えてきた大浦《おおうら》弥四郎《やしろう》にしてみれば、軟弱な主君をいただいている浪岡城《なみおか》を攻め落とすことなど、さほど困難なことではなかったろう。けれども、津軽《つがる》の領民に名門北畠の家名は、いぜんとして力をもっていた。

途中に何代かの暗君はいたが、長年「御所様《ごしょさま》」あるいは「大御所《おおごしょ》」とよびならわしてきた畏敬《いけい》の念は、そう簡単に消えるものではない。弥四郎は、ただ力だけに頼って攻めるよりも、人心の収攬《しゅうらん》にも気をつかっていたから、北畠家の領内で、顕村の評判を落とし、浪岡城の内部を分裂させることに全力をあげた。

弥四郎はまず、浪岡の玄徳《げんとく》寺の僧休西《きゅうさい》を仲間に引き入れた。これはじつにみごとな着眼であった。若い北畠顕村も京に憧《あこが》れ、先祖が京を模してつくった神社・仏閣への参詣《さんけい》をくり返し、玄徳寺にもたびたび来て休西と話をすることがあったので、休西は浪岡御所の内情によく通じていた。

また休西は浄土真宗の僧で、真宗の石山本願《ほんがん》寺は以前から織田信長《おだのぶなが》と抗争をつづけており、法主顕如《けんにょ》は全国の門徒に、

——一揆《いっき》をおこして信長と戦え。信長をたおして、わが真宗の法《のり》が治める国をつくるのだ、

とよびかけていたから、真宗の僧は、みな政治的にすこぶる尖鋭《せんえい》になっており、領主に対する批判を強めていた。弥四郎はそこに目をつけたのだ。

彼は北畠攻略の暁には、玄徳寺に大きな寺領をあたえる（……それはつまり、顕如のいう真宗の法が治める国ということになる）という約束で、休西を味方につけ、

「北畠方の大将のなかで、こちらに寝返るものがいるとすれば、それはだれだ」

と聞いた。

吉町弥右衛門《よしまちやえもん》であろう、というのが休西の答えだった。たいそう欲の深い男だから……というのである。それは弥四郎にとって、まことに好都合なことだった。吉町弥右衛門の居城は、大浦の領地である鼻和郡《はなわ》と、北畠の領地である田舎郡《いなか》の境目にあったからだ。

弥四郎は大浦の家中で、吉町弥右衛門の旧知である蒔苗弥三郎《まかないやさぶろう》を密使として送り、多額の報酬を約束して、弥右衛門を寝返らせた。これで戦が始まったとき、大浦の軍勢は、田舎郡との境目を風のように通り抜けて、北畠領に攻め込むことが可能になったのである。

つぎに弥四郎は、忍者の小栗山左京《おぐりやまさきょう》と砂子瀬勘解由《すなこせかげゆ》に、浪岡城下の九日町・四日町のあたりから、

「博奕打《ばくち》ちを五、六人、集めてこい」

と命じた。飢饉《ききん》と苛政《かせい》は、その土地の人びとの気性を荒くし、一攫《いつかく》千金の射倖《しやこう》心を育てる。北畠の領内もご多分にもれず、以前から博奕がさかんで、方々に賭場《とば》がひらかれていた。弥四郎はもちろんそのことも、休西に聞いて調べあげていたのだ。

小栗山左京と砂子瀬勘解由が連れてきた博奕打ちを、弥四郎は大浦城内の自分の屋形に招き、酒肴《しゆこう》を出して饗応《きようおう》したあとで、

「博奕というものを、やって見せてくれ」

と頼んだ。博奕打ちたちは、はじめは遠慮がちであったが、しだいに地《じ》を出し、大声をあげて熱中しはじめた。笑顔でそれを見ていた弥四郎は、やがて表情を引き締めて、「博奕というのは、まことにおもしろいが……」といった。

「おまえたち、ほかに生業《なりわい》というものは、もっておらぬのか」

「……」

あぶれ者たちは、しんとおし黙った。博奕以外の生業といえば、追剥《おいはぎ》・夜盗の

たぐいだが、それは大きな声でいえることではない。弥四郎がかさねて問いかけると、なかのひとりがこう答えた。

「むろん、われわれにも生業はございました。百姓にござります。なれども北畠の領内では、御所様がご柔弱のため、奉行《ぶぎょう》様が自儘《じまま》のかぎりをつくし、年貢の取り立てがきびしく、百姓はいくら働いても、食うことさえ思うようになりませぬ。それゆえ、やむをえず、博奕によって妻子を養う糧《かて》を得ようとの算段……われらとて、これがよいことと思ってしているわけではございませぬ」

いささか本音とは別の建て前的な、もしくは追従《ついしょう》気味のことばであったが、

「なるほど、わかった」と弥四郎は大きく頷《うなず》いていった。

「そちたちの塗炭の苦しみ、近いうちにわしが救ってとらそう。わが大浦は、いずれ北畠を討つ。領地がほしいからではない。北畠の悪政を正して、津軽の領民を苦しみから救わんがためだ。そちたちはこれより浪岡へ帰ったあと、人びとにそうふれて歩け。大浦が攻めてくるのは、北畠の悪政から領民をたすけるためだ、となっ。そして大浦の軍勢が浪岡へ馬を進めたときには、その騒ぎに乗じて、城内

の土蔵や文庫を襲え。浪岡御所の金銀財宝は、もともとすべて、津軽の領民から取りあげたものだ。かまわぬから、そちたちの思うぞんぶん、奪い取ってよい。わしが、許す。ただしそのあとは、心を改めて、善人に立ち返るのだぞ」

弥四郎のことばに、ならず者たちは大喜びで浪岡へ帰り、いわれたとおりのことをふれ歩いた。

これが、おとなしい百姓なら、いくら取り立てがきびしくても「御所様」に楯《たて》突《つ》くことなど思いもよらず、危険をおかして悪口をいい歩くこともなかったろうが、根が無頼な不逞《ふてい》の輩《やから》だから、「大御所」の権威などなんとも思わず、口々に北畠への悪口雑言を並べたてて歩いているうちに、領内には北畠への不満と、大浦への期待が、鬱勃《うつぼつ》として沸《わ》きあがってきた。

浪岡落城

弥四郎《やしろう》が浪岡《なみおか》城を攻めたのは、天正《てんしょう》六年（一五七八）の七月二十日であった。北畠《きたばたけ》顕村《あきむら》の後見役顕則《あきのり》が、毎月二十日の日に、外ヶ浜《そとはま》の油川《あぶらかわ》城へ見回りに行くのを知って、この日にねらいを定めたのだ。

顕則も、ならず者たちが撒《ま》き散らしたうわさを聞いて、大浦《おおうら》勢の攻撃を警戒はしていたのだろうが、もし攻めてきたとしても、鼻和《はなわ》郡と田舎《いなか》郡の境界を守っている吉町弥右衛門《よしまちやえもん》が、ひとまず大浦勢を押さえてくれるものと考えていたのだろう。

だが、大浦を出発した数百の騎馬武者は、沈黙を守っている吉町弥右衛門の居城の下を疾風のように駆け抜けた。

浪岡の城下では、忍者小栗山左京《おぐりやまさきょう》・砂子瀬勘解由《すなこせかげゆ》のもとに集められた数百に及ぶならず者や百姓たちが、鉞《まさかり》や鋤《すき》を持ち、早くも浪岡御所の城門や城壁にとりついて、打ちこわしや放火を始めていた。彼らは弥四郎に招かれた博奕《ばくち》打ちたちから、

「大浦のお屋形様は、浪岡御所の金銀財宝を、いくらとってもよいといった……」

と聞き、目の色を変えて集まってきたのである。長年の暴政に対する恨みと、できるだけ多くの財宝をわがものにしようとする欲望に駆りたてられていた彼らの士気は、たんなる傭兵《ようへい》にすぎない御所の足軽のそれをはるかに上回っており、北畠方はたちまち圧倒されて、防戦いっぽうにおちいった。

そこへ大浦の騎馬武者が走り込んできた。北畠方にとうてい勝ち目がないことは、だれの目にも明らかであった。北畠の家来は、主君を見捨てて、それぞれかってに逃げ出しはじめた。

北畠顕村が、居館である内館《やかた》の玄関に出てみると、まえに御所の定紋がついた自分用の駕籠《かご》が置かれていた。顕村はいそいでその駕籠に乗って、

「外ヶ浜の油川城へ行け」

と命じた。そこで後見役の顕則といっしょになって、再起を期するつもりであったのだろう。ところが、

「承知いたしました」

と答えて駕籠を担《かつ》ぎあげたのは、大浦方の忍者小栗山左京・砂子瀬勘解由の指揮下に入っていたならず者たちであったのだった。彼らは北畠顕村を乗せた駕籠をそのまま、浪岡城の北門の外に構えていた大浦弥四郎の本陣に運んでいった。

捕えられた浪岡御所九代目の主《あるじ》、北畠顕村に対して、弥四郎がとった態度は、まことに丁重であった。彼には、顕村の命までとろうとするつもりはないようであった。

「御所様《ごしょさま》を、たいせつにお守り申し上げるのだぞ」

弥四郎は、老臣の葛西信清《かさいのぶきよ》と、細越仁右衛門《ほそごえにえもん》にそういって、北畠顕村を近くの本覚寺《ほんがく》という寺院に送らせた。

それからしばらくして、弥四郎は別の家臣に、

「本覚寺へ行って、御所様に、どこへなりとお好きなところへ落ちていかれるよう伝えてまいれ」

と命じたが、本覚寺から帰ってきた家臣の報告は、「御所様はすでに切腹なされておりました」ということだった。それもつき添っていった葛西信清の命によって、細越仁右衛門が介錯《かいしゃく》したというのである。

「なんじゃと！」

弥四郎は激怒して、葛西信清と細越仁右衛門をよびつけ、血相を変えて叱責《しっせき》した。

「わしは御所様をたいせつにお守り申し上げろ、とあれほどきつくそちたちに申しておいたではないか。信清の違命、仁右衛門の粗忽《そこつ》、ともに許すことはできぬ！」

弥四郎のはげしい叱責に、葛西信清と細越仁右衛門は、ただ頭を垂れて耐えていた。弥四郎はふたりを処罰しかねまじき勢いであったのだが、まわりの家臣たちの懸命のとりなしによって、ようやく怒りを解いたようであった……。

しかしこれはたぶん、弥四郎と重臣たちによる芝居であったのだろう。すでに空名と化してはいたにもせよ、南朝方の忠臣、鎮守府将軍《ちんじゅ》、陸奥守《むつのかみ》北畠顕家《あきいえ》の血を引く子孫として住民から「御所様」とよばれていた顕村を殺してしまったのでは、弥四郎に逆賊の汚名が着せられかねない。

といって生かしておいたのでは、津軽の一部に名門北畠の権威が、隠然として残ることになる。そこで葛西信清と細越仁右衛門の勘違いで切腹させられたことにすれば、弥四郎には傷がつかない。そういう筋書きで考え出された芝居であったのではないかと思われるのだ。

いずれにしても二十一歳の九代顕村の死によって、およそ二百四十年にわたった浪岡御所の系譜は絶たれてしまい、弥四郎が建物と記録のほとんどを焼き尽くしてしまったために、それは幻の城、伝説の城となってしまったのだった。

伝説といえば……

だいたい「浪岡御所」という考え自体が、北畠の残党と、彼らを支援した津軽人によってつくられた伝説に近いように思われる。それをつくらせたものは、両者の京に対する夢であった。

「浪岡御所」は、京への夢から生まれた。そしてその力を弱めさせたものもまた、京への夢であった。地元の土に根を張ることなく、ひたすら京に顔を向けて咲いた幻の花――それが浪岡御所である。

ふしぎなことに、その浪岡御所をたおした大浦弥四郎も生涯《しょうがい》、京の夢にとらわれつづけた武将であった。のちに津軽為信《ためのぶ》と名のった彼は、五十七歳の臨終のさい、瀕死《ひんし》のからだを京に運ばせて、そこで死んでいった。

ある人は「異常なほどの京恋い」といっているが、その葬儀の席にも遺言して僧をよばせなかったほど、自分以外のなにものをも信じなかった彼が、わが子をキリスト教徒にさせたのは、ひたすら西洋の新知識を得たかったからであるらしい。無頼とも思われるこの武将の「京恋い」は、おそらく新しい未知のなにものかへの憧《あこが》れであったのだろう。

浪岡城は、とうのむかしにこの世から消えてしまったが、その興亡の歴史を脳裡《のうり》に思い描いてみると、きびしい風土のなかに生きていた人びとの姿や、その人たちのさまざまな夢が、一瞬、眼前に髣髴《ほうふつ》とするような気がするのである。

宇都宮城

五味康祐

ごみ・やすすけ

1921年〜1980年。52年、「喪神」で芥川賞受賞。「柳生武芸帳」など柳生一族を扱った作品多数。

正純謀反の疑い

釣天井で名高い宇都宮城《うつのみや》は、日光山《にっこう》の下にあって、東照宮《とうしょう》を守護すべき拠点であるばかりでなく、古来、奥羽《おうう》にそなえる要害の地とされ、中世には関白藤《かんぱくふじ》原道兼《わらのみちかね》の子孫と伝える宇都宮氏の根拠地だった。

宇都宮氏は、鎌倉《かまくら》幕府の御家人《ごけにん》として重臣の席に列し、南北朝時代には北朝に属して関東八家の一《いっ》と称されたこともある。のちに北条《ほうじょう》氏と戦い、ついで豊臣《とよとみ》秀吉《ひでよし》に従って、慶長《けいちょう》二年（一五九七）、咎《とが》めをうけ領地を没収された。かわって浅野《あさの》長政《ながまさ》が一時ここに在城し、のち蒲生秀行《がもうひでゆき》が、会津若松《あいづわかまつ》より十二万石に減封されて移ってきた。家康《いえやす》の外孫たる奥平家昌《おくだいらいえまさ》が城主となったのは関ヶ原《せきはら》の戦い後である。家昌の子忠昌《ただまさ》の代になって、忠昌幼少なればと古河《こが》に移され、幕府の閣老本多正《ほんだまさ》純《ずみ》が下野《しもつけ》（栃木県）小山《おやま》三万二千石から、いっきょに十五万五千石に加増されて移ってきたのが、そもそも釣天井騒動の発端をなしていたといえるだろう。

上野介《こうずけのすけ》正純は、一代の傑物、本多正信《まさのぶ》の子に生まれ、幼少より家康につかえて日夜側近に侍し、十八歳ごろ早くも奉行《ぶぎょう》に抜擢《ばってき》されて政務に参与した。関ヶ原の天下分け目の戦いには家康の麾下《きか》に属して功あり、敵将石田三成《いしだみつなり》の捕縛《ほばく》をみるや、その身柄を家康からあずけられたほどであった。

戦後(慶長六年五月)、従五位下・上野介に叙せられて、十二年、家康が駿府《すんぷ》城に移ったときは、父正信は、土井利勝《どいとしかつ》・酒井忠世《さかいただよ》ら江戸の将軍秀忠《ひでただ》に付せられたが、正純は大御所《おおごしょ》に従って駿府にあり、その恩寵《おんちょう》をこうむって、ほとんど独断で諸事をつかさどった。それほど才腕を高く家康に評価された。こんな咄《はなし》がある。

江戸《えど》で旗本《はたもと》らの間に辻斬《つじぎ》りが流行し、庶民らが困惑しているうわさが伝わって、家康がまゆをひそめたとき、

「それがし罷《まか》り行ってとめてまいりましょう」

事もなげに正純は言い、所用で江戸に下ってから、一日、江戸城内大広間に旗《はた》本《もと》を集合させてこういった。

「大御所さまは貴公らの柔弱なのをなげいておられる。聞けば当節、江戸市中に辻斬りが横行いたすそうな。旗本のなかにだれひとり、さような不届き者を成敗いたす剛《ごう》の者もおらぬとはなげかわしい。天下泰平の世に馴《な》れて、三河《みかわ》武士がそこまで臆病《おくびょう》者ぞろいになるとは、それがしも心外である」

この夜から、ふっつり、辻斬りはやんだのである。そんな機略縦横の正純だったから、大坂《おおさか》城攻略にさいしても彼は種々策略し、冬の陣で、和睦《わぼく》なるや外濠《そとぼり》のみか内濠《うち》をも和議に反して埋めさせたのも正純で、そのために夏の陣では徳川《とくがわ》勢の大筒(大砲)の玉は本丸にとどき、これが大坂城落城の原因となった。

元和《げんな》二年(一六一六)、家康が死去するや、正純はその枕頭《ちんとう》にあって遺言をうけ、没後はこの遺言に従うのであるといって、葬礼以下の諸事をとりしきり、余人に口をはさませなかった。亡き大御所さまの遺命とあれば三河以来の部将はもちろん、将軍秀忠さえ異見をさしはさむ余地はなく、正純の権勢並ぶものはなかった。それだけに彼の専横をうらむ大名も多く、わけても秀忠の付き人たる土井利勝のうらみを買ったのが、のちに釣天井騒動になっていく。

ところで小山三万石余から、いっきょに宇都宮へ——これまた大御所さま御遺言なりと称して——五倍の封地の領主になったことで、当の正純にも困ったことが生じた。

まず、家臣の数である。

十五万石の大名ともなれば、当然、その家格に見合う数の家来をもたねばならない。武具をそなえねばならない。家来はいわばにわか仕立てに浪人者より人材をかり集めえても、武備となると一朝一夕にはととのわない。さらに城郭も結構をととのえねばならない。

右のうち、城郭であるが、たまたま元和七年——翌年は家康の七回忌にあたり将軍秀忠が日光へ社参の途次、宇都宮城に一泊する予定だったので——将軍家を迎えるにあたって、疎漏のないように、城郭の堅牢《けんろう》を期するための大改築にかかった。

たとえ老中《ろうじゆう》なりとも城の修理に手をつけるには、微細に、その修築箇所を明記して幕府に上願し、許可を得なければならぬたてまえになっている。ところが、正純から提出された修築箇所は、二の丸・三の丸の普請《ふしん》と、石垣修理のみだったのに、じっさいは本丸の殿舎の新築にも手をつけていた。これさえ他の大名なら、謀反《むほん》の疑いありとみられてもしかたのないところであるが、さらに正純は外濠に菱《ひし》を入れ、秀忠を迎える殿舎新築にたずさわる係り大工・指物《さしもの》師の募集を、なぜか身軽な独り者ばかりに限定した。それも仕事の腕はたつが遊び好きの、気っぷの荒いのを集めたのである。ただし賃金は並みの倍以上を出したというが、かりにも将軍家宿舎となるべき殿舎の普請に、万事、粗略ないよう慎重を期すべきものを、気性の荒い、独り者ばかりをそろえるとはどういうわけか、これがまず疑惑の対象になった。あまつさえ、工事完成の間近に大工の何人かが正純の家来の手で斬殺《ざんさつ》されているのである。

つぎに武具であるが、これは鉄砲を上方《かみがた》（堺《さかい》）の鍛冶《かじ》に多数つくらせたのを、公許を得ずに宇都宮へ運んだ。そもそも、鉄砲をあらたにつくるには幕府に届け出て許可を得なければならないのに、この手つづきを正純は無視したのである。よって鉄砲密造の疑惑も生じているし、できあがった鉄砲を、並みの荷物のごとく梱包《こんぽう》させて中山道《なかせんどう》を運ばせたから関所を欺《あざむ》き通ったことになり、当時は、「入り鉄砲に出女《でおんな》」といって鉄砲が関東に入るのと、女が江戸を出ることには関所はとくに掟《おきて》をきびしくしていたから、厳密には、正純は幕閣の名において関所破りをさせたことになり、この点も疑惑を深める因《もと》となった。

もっとも、元和の軍役令（軍役としてそなえるべき武器の量を定めた法令）では、一万石につき銃二十となっている。この割でいけば、小山三万三千石のころは六十六梃《ちょう》の鉄砲をそなえればよかったものが、宇都宮十五万五千石となって、三百十梃。その差二百四十四梃を正純は早急に増す必要に迫られ、本来なら所領加増と同時に増すべきものながら、にわかの用なればそうもなりかねて、ようやく将軍家を宇都宮に迎える間際にできあがった。これが、釣天井の疑惑とあわせ、謀反のため急造させて送らせた疑いを生じたのである。思えば正純の不運であるが、いまひとつ、「駿府御遺金」のことも正純には不利な材料となった。

大御所さまの御遺言

正純《まさずみ》は、前に述べたように大御所家康《おおごしょいえやす》が駿府《すんぷ》城内で薨《こう》じたとき、寵臣《ちょうしん》としてただひとり枕頭《ちんとう》にいた。そうして遺言を聞いたが、さて家康死去のあと、駿府城での跡かたづけをも正純ひとりがとりしきったさいに、駿府にあった宝物、ならびに金銀――申すなら家康のへそくりで、金額にしてほぼ五十万両あったという――を、形見わけとして尾張《おわり》(愛知県)の義直《よしなお》、紀伊《きい》(和歌山県)の頼宣《よりのぶ》、水戸《みと》の頼房《よりふさ》らにそれぞれ分与したのはよいが、残った御遺金は将軍秀忠《ひでただ》には一文もあたえずに全部を久能《くのう》山へおさめてしまった。

尾張の義直には五万両、紀伊の頼宣と水戸の頼房にそれぞれ三万両を遺産わけしたことはわかっているから、この合計十一万両、残る三十九万両余は当然、二代将軍秀忠に譲られるべきであるのに、全額を久能山におさめたというわけである。しかも駿府の跡始末をすませ、江戸《えど》城に秀忠の老中《ろうじゅう》職となって移ってからも、右の御遺金のことは一言もふれようとせずにいる。そこで土井《どい》利勝《としかつ》らがただすと、大御所さまの御遺言に従ったまでである、と突っぱねた。

利勝は、でも追求をあきらめず、久能山へ検使を差し向けて御遺金がとどこおりなくおさめられているかどうかを、確かめさせた。

——以前、まだ家康の存命中、井上主計頭《いのうえかずえのかみ》が駿府へご機嫌《きげん》うかがいに罷《まか》り上ったおり、直《じき》に家康に確認したところではほぼ六十万両——少なく見積もっても五十万両はあるだろうとのことで、これは江戸に帰って主計頭から秀忠に報告している。さらに家康の死後、久能山へ御遺金を運んだ役人の証言でも、千両箱でその数四百はくだらなんだという。つまり三家へ分与ののち、なお四十万両は久能山におさめられた勘定になる。

しかるに、右の検使が再確認に赴いたら約十二万両が消えていたそうだ。正純の着服によると当然考えられるところだが、証拠がない。なぜなら千両箱を運んだ前《さき》の役人が、四百と数えたのは自分の計算違いであったと言い残し、お詫《わ》びに割腹したからである。よって正純への疑惑はいっそう深まっても罪の問いようがない。御遺金がそもそもいかほどあったか正確にはだれも（土井利勝ら江戸の閣老は）見ていないからだ。

そこで疑惑はあくまでも宇都宮《うつのみや》城修築にあたって濠《ほり》に菱《ひし》を入れるなど、不審の挙動の見うけられること、とくに新築の将軍用宿舎の工事に関与したものが殺されていること、その工事はなぜか夜に行なわれたこと、さらには正純がさかんに上方《かみがた》より鉄砲を買い込んだことなどにしぼられた。そしてこれらの疑惑を直接、秀忠の耳に入れたのが奥平忠昌《おくだいらただまさ》の祖母、加納《かのう》御前だったから、事は由々しくなった。

加納御前は、家康の長女亀《かめ》姫で、つまり秀忠には姉にあたる。それも秀忠は庶腹の子であるのに、亀姫は家康の正妻築山殿《つきやまどの》の腹に生まれ、あの嫡男、岡崎三郎《おかざきさぶろう》信康《のぶやす》とはひとつ違い、申すなら徳川《とくがわ》一門のトップレディである。将軍職を継いだ秀忠でも、時には彼女に叱《しか》られて頭があがらなかったという。そんな加納御前が、正純を前々から憎んでいたからたまらない。

彼女は、奥平《おくだいら》九八郎に嫁したのだが、九八郎は最初の妻を甲州（山梨県）へ人質に出してまで徳川家のために尽くした武将で、武田勝頼《たけだかつより》はついにこれを怒って、その妻を磔《はりつけ》にしている。それでも九八郎は家康への忠誠をつらぬいたので、これに感じた家康が娘亀姫を九八郎の後添えにあたえたのである。九八郎は慶長《けいちょう》六年（一六〇一）、美濃《みの》（岐阜県）の加納で十万石の城主となって、彼女は加納御前（あるいは加納殿）と称されたが、まあそれほど奥平氏は徳川に武功の家柄だから、九八郎と亀姫の間に生まれた大膳大夫家昌《たいぜんたいふいえまさ》には、加納とは別に宇都宮城があたえられたわけだった。それが、慶長十九年、家昌の死去で、その子忠昌《ただまさ》はまだ七歳の幼少ゆえ、とても関東の要害――宇都宮を守るには心もとなしと、古河《こが》に移されたのは前に述べたとおりだが、これがそもそも加納殿には不満だった。

大御所さまの御遺言に従ったというが、だれも家康の臨終に立ち会っていないではないか。なんの証拠があって遺言といいきれるのか。だいたい本多《ほんだ》正純なぞというものは、なるほど知恵ははたらこうが野戦の経験もあまりなく、さして武功があったわけでもない。いわば文官である。そんなものに宇都宮の要害を守らせるのは不適格であり、旧前どおり奥平家こそ宇都宮城主にふさわしいというのが加納殿の腹で、彼女はさっそく秀忠に対面してこれを愬《うった》えた。古河と宇都宮では、城郭の規模、奥羽《おうう》一円のにらみにおいても格段の差がある。忠昌は申すなら大御所さまの血をわけた外曾孫《ひまご》であり、正純は一介の家来ではないか、それが忠昌を差しおいて宇都宮に入るとはなにごとかというわけである。

秀忠は、内心困惑したにちがいない。でもすでに決まったことであり、このさい変更は無理というもの、何を申しても大御所の御遺言であるからと、姉の訴えを却《しりぞ》けた。だが加納殿はあきらめず、そもそも大御所さま臨終にさいし、天下のことは御遺言あるとも、たかが関東の城ひとつのことなど、末期《いまわ》のきわに口になさる道理はない。きっとこれは正純が自分かってに言いだしたことに相違ないのに、それがおわかりにならんのかと迫ったのである。

「何と申されようとも」

もはや決まったことなればの一点張りで、秀忠は押し通し、ついに加納殿の願いはかなえられなかった。忠昌は古河城主に決まった。

それでも、まだ無念だったらしい。加納殿は忠昌の侍臣たちに言いつけて、宇都宮を去るときは城中の竹木を伐《き》り取り、侍屋敷の畳・建具も古河へ持っていきやるがよい、とけしかけたのだ。正純へのいやがらせである。

こんどは正純が腹にすえかねた。大名の移封にさいし、城中の諸具はもちろん、城つきのものいっさい在来どおりとなし、竹木など伐り取ってはならぬのが武家の定法である、法を破っても持ち去るのであれば当方にも考えがある、と忠昌の家来どもを叱りつけ、加納殿はたしかに御主筋のお生まれではあるが、いまは一大名家の後室である、われらは幕府老中である、加納殿の心情はどうあれ、たかが大名夫人に定法をまげられては幕府の威信にもかかわること、

「只《ただ》ではすむまいぞ」

そう忠昌の家老をよびつけて叱った。

筋は通っている。よって忠昌の家来らは、かろうじて宇都宮を出るとき、城中を散乱させておくにとどめ、侍屋敷の畳・建具はそのままで古河へ移ったという。

そういう経緯《いきさつ》ののちに、城修築にかかわる前《さき》の不審の何か条かを、加納殿は秀

忠の耳に入れたのである。たぶん、秀忠がいよいよ家康の七回忌で日光《にっこう》へ社参に赴く直前だろうとみられている。

秀忠は、でも元和《げんな》八年（一六二二）四月、予定どおり日光社参に江戸を発足し、古河に泊まった翌十四日には宇都宮城に投宿した。なにごともなかった。釣天井が落ちてくるようなことはなかった。ただ、不可解なのは秀忠が寝所から庭に出ようとしたら、雨戸の「さる」が落ちて戸があかなかったのと、火事を出さぬ用心なりという理由で、先駆けで城に入っていた土井利勝の家臣たちに、篝火《かがりび》を焚《た》くことをいっさい禁じ、暗夜に旅装も解かせなかったこと。「さる」のついた雨戸の一枚一枚に、小さなくぐり戸が設けてあり、まるで外から将軍家を襲撃する手はずをつけてあるようにみえた点だという。

もっとも、くぐり戸は、万一、地震がおきて家屋が倒れたとき、将軍がそこから脱出できるよう正純苦心の考案によったとも考えられ、火気厳禁、先駆け部隊の旅装を解かせなかったのは、いずれも謀反《むほん》どころか、いかに正純が将軍警固に細心の注意をはらったかを示すものとも解釈できるが、先遣隊の場合は、供のものに病人が出て、薬を煎《せん》じなければならぬために火を焚いたのを、すかさず本多正純が来て火を消させた。火を焚かねば薬を煎じられぬから、けっきょく、土井の手勢は宇都宮の郊外に出て野陣をさせられている。

このへんにも不審は残るので、日光からの帰途は、ふたたび宇都宮に投宿する予定をにわかに秀忠は変更して壬生《みぶ》まで駆け抜け、この夜は壬生に一泊した。一説には、加納殿から正純に疑惑ありとの自筆の封書が江戸からこのときとどけられたので、にわかに予定が変わったともいう。

表向きには、江戸にある秀忠夫人の急病のため、いそぎ宇都宮を通過しなければならなかったということにし、老中の井上正就《いのうえまさなり》がこのむねを伝えに宇都宮城へやってきた。そうして正純に、「このたびの上様御社参については種々骨折り大儀至極である」との秀忠のねんごろな意向を伝えるかたわら、じつはそれとなく城内のようすを調べて回ったという。

釣天井の疑惑

新井白石《あらいはくせき》の著書によれば、正純《まさずみ》が宇都宮《うつのみや》で将軍を失いまいらせようと計画したなどというのは、根も葉もない虚説である。また湯殿の板敷を、踏めばただちに落ちるようにしてあり、その下に剣戟《けんげき》が立て並べてあって、足を踏みはずすとこの刃物で落命するように巧《たく》んであったなどということも、けっしてないことであるし、そう白石は書いているが、白石ほどの碩学《せきがく》がわざわざこんな浮説を書きとめるのはかえって臭い、という見方も確かにあり、『武家盛衰記』あたりも本多《ほんだ》上野介《こうずけのすけ》の失脚は逆意によるものではないが、遠慮を要する事柄ゆえ書くのをひかえておく——と、わざわざ書いている。かえって不審は残るのである。

そこで、もう一度、諸書に記された観点からいわゆる釣天井の疑惑を解明してみよう。

日光《にっこう》社参の帰途、秀忠《ひでただ》が壬生《みぶ》に直行して宇都宮には泊まらずに江戸《えど》へ帰って四か月目——元和《げんな》八年（一六二二）八月に、幕府は、出羽山形《でわやまがた》の最上《もがみ》藩主が遊興にふけり、政務を怠っているのを責めて、最上家五十七万石を取りつぶすことになり、正純と永井直勝《ながいなおかつ》を山形城受け取りに派遣した。そうして正純が山形で城の接収事務を終わったころを見はからって、十月一日、江戸から将軍の使者を差し向け、正純に対し、宇都宮十五万石の没収を言いわたしているが、そのまえに、糾問《きゅうもん》十一か条目を読みあげている。正純はこの十一か条にはいちいち明快な答弁をしたそうだが、ついで使者、伊丹康勝《いたみやすかつ》が懐中から三か条の書付を出して尋問したところ、正純は返答に窮して答えられなかった。

前《さき》の糾問十一か条がどういう内容のものか、記録がないのでいまではわからない。たぶん御遺金の件もふくまれていたろうが、明快に答えたというから、着服の疑いは晴れたにちがいない。あとの三か条は、要するに、鉄砲密造のこと、城郭の修築——二の丸・三の丸——の届け出以外に、本丸殿舎の工事をなした不審、および工事担当者を殺していることの三つで、かりにも幕府老中《ろうじゅう》職たる正純にこうした奸計《かんけい》の行なわれた遠因は、二代秀忠の将軍継嗣問題にあったろうと室《むろ》鳩巣《きゆうそう》は指摘している。

城普請《ぶしん》にたずさわったものの死は、大工ばかりでなく根来同心《ねごろどうしん》も入っており、糾問の対象はむしろこのほうである。

根来同心というのは、本来は公儀（幕府）から本多《ほんだ》家に付属させられている鉄砲隊で、同心ゆえ身分は足軽《あしがる》ながら幕臣であり、それを正純は殿舎の建築工事に加えようとした。秀忠の宿泊に間に合わせるためで、大工職人などを昼夜兼行でせきたて（だから夜間に工事をしたと見なされる）、彼らを督励する侍どもまで現場に詰めきって、ひとりも自宅へ帰ることを許さなかったというが、それでも人手の足らぬところから根来同心に言いつけて、本丸の経営にあたらせたという。

しかし、根来同心らは、「身どもらを本多家の私用にお使いあるはもってのほか」とことわった。だが正純は、城の狭間《さま》を構築いたすは軍役であって正純一個の用にあらず、ことに本丸工事は、将軍家お迎えのためであり、けっして本多家の私事ではない。よって根来同心が工事に従事いたすは当然と主張した。それでも彼らはうなずかず、あまつさえ普請の総監督官たる本多家家老《かろう》を襲撃しようとした。これが事前に発覚したので、激怒した正純は首謀者両三名を斬《き》ったという。斬られたもののなかに、首謀者に加担して、いまでいうストをやった大工がいたとも考えられるが、斬られた根来同心の妻子が、たいそう無慈悲な殿さまであると正純を恨《うら》んでいるのを、たまたま加納《かのう》殿が聞いて、大工や根来同心を殺すのは本丸殿舎の工事に秘密があることを、外部へもらさぬためならん、正純に逆意ありと秀忠に注進に及んだらしい。釣天井のしかけ、湯殿の床板の罠《わな》などの妄説《もうせつ》は、そこから生じたものであろうと、白石なども書いている。

しかし、宿泊しなかった秀忠にかわって、宇都宮城に赴いた井上正就《いのうえまさなり》の、それとなく城内を調べた報告書には、根来同心をひそかに殺したこと、二の丸・三の丸を修築すると申し立てて本丸の石垣をも改築したこと、城中殿舎の建築にあやしい点のあること、御成《おなり》間近に外濠《そとぼり》へ菱《ひし》を入れたこと、御着きの日の夜に火を焚《た》かせなかった、こういう条々を調べたが、建築には格別あやしい点はない。ただ縁の床《ゆか》が高かった。この床が高いのは正純が駿府《すんぷ》で普請御用をつとめたころに、縁を高くしては床下に潜入した曲者が座敷内の主を刺す惧れあり、よって床は扇《せん》子《す》ほどの高さより高くはいたすべからずと大御所《おおごしよ》さまの仰せありしと承る。しかるに宇都宮城の普請においては、上様の泊まらせ給う床下は人の往来できるほど高くつくられてあった。この点だけはあやしかった、と書いてあったそうである。

つまり井上正就の報告どおりなら釣天井ではなくて、床に叛心《はんしん》のしくみがうかがえたことになる。——もっとも、正就は幼少より、秀忠ひとすじにつかえた侍臣で、当然、正純と違い秀忠派だった。かつて家康《いえやす》が重臣を集めて嗣子定めをしたときに、家康の知恵袋といわれた本多正信《まさのぶ》は秀忠を推したのに、伜《せがれ》の正純は長幼の序に従って兄の秀康《ひでやす》どのこそ二代将軍家たるべし、と正論を吐いたことがあった。以来、ひそかに秀忠に正純はきらわれていた。室鳩巣が指摘したのはこのことで、佐渡守《さどのかみ》正信は江戸の秀忠について、いわば幕府重臣たちのいちばん上にいた。正純は駿府で家康のおそばにいて政務いっさいを任されていた。それが家康亡きあと、江戸に出て幕府の政務（おもに財政面）に参与することになったわけだが、家康が薨《こう》じて間もなく正信も死んで、江戸の宿老中、最古参は酒井《さかい》雅楽頭忠《うたのかみただ》世《よ》だった。

つぎがきれ者の土井利勝《どいとしかつ》で、土井と酒井はまえまえから正信父子には反感をいだいていたとみられている。そんなところへ、したり顔の正純がのり込んできたので、忠世や利勝と折り合いのうまくいく道理はなかった。

とくに申し者同士――利勝とはウマが合わなかったし、もともと利勝は「権現《ごんげん》さま（家康）が台徳院殿《だいとくいん》（秀忠）へ天下とともにお譲りあそばされ候」とまでいわれた傑物である。家康在世中ならともかく、江戸の幕閣は秀忠の幼少のころからおそばについた面々で形成されているのだから、正純がしだいに江戸で孤立したのもやむをえぬなりゆきだった。そしてあの井上正就はまた、利勝とは親族関係にあり、たいへん秀忠のお気に入りだったのである。

こうした幕閣の派閥争いをもあわせ考えれば、右の糾問十一か条がどんな意図で出されたかは想像にかたくない。おそらく、正純ほどのものである。糾問の内容そのものより、そういう糾問をうけたこと自体に彼はいっさいを察知し、観念したろう。一説にはあの利勝の先遣隊が薬を煎《せん》じるため火を焚《た》こうとしたのも、じつは利勝の吩《い》いつけで、偽の病人が仮病をつかって故意に疑惑を生ぜしめたと見なされている。

そうなら、山形で使者の尋問をうけたとき、もう、正純の腹は決まっていたに相違ない。

尋問後の使者伊丹康勝の口上は、前述のごとく、宇都宮の封地を没収のうえ、出羽由利《ゆり》(秋田県)に正純の子、正勝《まさかつ》ともども配流する、ただし特別の恩恵として賄《まかない》料五万五千石をつかわすというものだった。正純はだが、よほど無念だったか、あるいは諦観《ていかん》してか、この恩恵を固辞してうけなかったので、不埒《ふらち》なりとて翌元和九年、同じ出羽の大沢に移され、さらに明くる寛永《かんえい》元年(一六二四)四月、佐《さ》竹義宣《たけよしのぶ》に身柄を召しあずけられ横手《よこて》に移された。それから十五年間、正純は配所で暮らし、寛永十四年、七十三歳で流謫《るたく》の生涯《しょうがい》を終えたのである。

以上が、俗に知られる宇都宮城釣天井騒ぎの概略である。あくまでも釣天井のしかけられた証拠はない。しかし正純に逆意がまったくなかったという証拠もない。

宇都宮城そのものは、正純配流のあと、加納御前の宿望がかなえられてふたたび、奥平忠昌《おくだいらただまさ》が古河《こが》から返り咲いた。だがその子昌能《まさよし》のとき家臣に殉死の禁を破るものが出たため、二万石を削られて寛文《かんぶん》八年(一六六八)、奥平氏は山形九万石に移され、かわって山形から同族の松平《まつだいら》(奥平)忠弘《ただひろ》が入って、陸奥白河《むつしらかわ》に転ずるまで、十五万石をうけた。あとは本多氏、三たび奥平氏、阿部《あべ》氏、戸田《とだ》氏、深溝《ふこうず》松平氏、ふたたび戸田氏などが領して明治維新《めいじいしん》にいたっている。

なお、余談ながら、釣天井については、のちに芝居になったこんな秘話もある

──

正純が本丸殿舎の工事をいそいで、領内の大工をかり集めたなかに、塩谷村の与四郎《よしろう》というものがいた。大工与四郎は村でも評判の美男で、庄屋藤左衛門《しょうやとうざえもん》方の茶席をこしらえているときに、当年十七になる娘おはやに懸想《けそう》されて、ついにわりない仲となり、藤左衛門はこれを知って立腹して与四郎の出入りを差しとめた。しかし娘は彼を思いきることができず、下女の手引きで幾度か密会をかさねるうち、城普請がはじまって、与四郎も城内に召された。これは仕事が完成すれ

ば、たいそうな褒美《ほうび》の金が下される、ということで、この褒賞金を元手になんとか、おはやをもらいうけたいと思ったのである。

さて普請がはじまったところ、一か月、二か月たっても城内に閉じ込められ、一歩も外に出ることがかなわない。おはやは、じつは与四郎と言い交わして、おそくとも十日目には逢瀬《おうせ》をもつようかたく約束をしてあった。それがいっこうに姿を見せないので、さては捨てられたのであろうかとなげき悲しみ、でも与四郎さんにかぎってそんなお人ではないと思い返し、千々に心を乱したが、とうとうたまりかねて下女に手引きを頼み、城外で与四郎と密会できるよう番卒に袖《そで》の下を使う段取りをつけた。

おかげで、与四郎はひそかに城内を抜け出しふたりは久々の逢瀬をもつことができたが、折わるく、この夜、城内で大工の点呼があり、十人いるはずのものがひとり足らぬこと、それが与四郎であることが露顕してしまった。

そうとは知らず、門番に鼻薬をきかせてあることとて、深夜に与四郎が立ち帰ったところ、突如、藩役人に捕縛《ほばく》され、どこへ行っていたかを詰問された。隠しきれず与四郎はありのままを白状したら、その場で、他の大工への見せしめのためもあってか、一刀に斬《き》り殺されてしまったのである。禁を犯した罰というわけである。他の大工らは目前に与四郎の斬られるのを見て、おおいに恐怖し、以後、必死で仕事に励むようになった。

何も知らぬのはおはやである。

彼女はつぎの十日目をまた約しておいたので、その日の来るのを千秋の思いで待った。でも彼は来なかった。不審に思い、またまた鼻薬をきかせて門番に城内のようすを聞きだして、なんと、あの晩彼がお手討ちになったと知ったのである。おはやのおどろきと悲しみは非常であった。彼女は自分の恋慕が与四郎をそんな目にあわせてしまったことを悟り、生きるかいを失い、彼のあとを追うように自害をした。遺書が残されてあった。こんなことが書かれていた。

あの晩、ふた月もどうして会いに来てくださらなかったのかと自分が尋ねると、与四郎さまの申されるには、こんどの普請はまことにふしぎなもので、御湯殿の天井が上へ釣ってある。その紐《ひも》を切れば入浴中のものは、湯の中に圧しつぶされ、かならず死ぬようにしくまれている。

いったい、なぜそんな御湯殿をわざわざ領主がおつくりになるのか、自分たちにはトンとわからないが、ご命令なら仕事をするほかはない。でもこれが完成するまでは外部にもれるのを用心なさるのと、隠すうえにもこのしくみを隠しおかれる必要があって、普請の完了するまで自分たちは城内にとどめられるだろう。でも、いったいだれを圧殺する釣天井なんだろう——そう与四郎さまは申しておいでだった。

そんな与四郎さんがお手討ちになったのは、ほんとうは、天井の秘密を自分にもらしたのを怒られたからではあるまいか。もしそうなら、いずれは自分も無事ではすまぬだろうし、それならいっそ余人の手にかかるより、われから死んで与四郎さまへのお詫《わ》びにしたい。ただ、事柄が事柄ゆえ、万一ということもあり、どうぞお父っあんから右のしだいを御公儀に申し出て御裁可を仰いでほしい——

そう書かれてあったので、披見《ひけん》した藤左衛門は驚倒して、娘の書き置きといっしょに訴状を江戸へ差し出した。それで正純の悪事のいっさいが露顕したというのである。

多分に作り咄《ばなし》めくが、真実が記されてないとは断言できないだろう。

川越城

尾崎秀樹

おざき・ほつき

1928年〜1999年。「生きているユダ」「ゾルゲ事件と現代」など、兄に関係したゾルゲ事件の著書多数。

蔵づくりの街

川越《かわごえ》は、小江戸とよばれる。大消費都市江戸に近く、しかもその物資の供給地として栄えた城下町だからだ。小京都があるならば、小江戸があってもいい。軒を並べた蔵づくりの店、旧幕当時さながらの「時の鐘」、本丸御殿の遺構など、いずれも川越の歴史を象徴する。

東京の都心から四〇キロしか離れていない川越市は、近年とくに東京のベッドタウンとしての性格を強め、人口三十万に近い大都市となった。西武線・東上線・川越線などがクロスする市の南部一帯には、しだいに大型の店舗もふえ、ショッピングセンターとしての容貌《ようぼう》を加えつつあるが、北へ向かうにつれて城下町の姿が浮かびあがり、蔵づくりの店の並ぶのを見ると、何か救われる思いになる。

とくに一番街の通りを行くと、国の重要文化財指定をうけた大沢家をはじめとして、いくつかの土蔵づくりの店舗が残っており、百年以上むかしの時間を歩いているような錯覚にとらわれる。じっさいには、江戸時代の遺風をとどめた建造物は、大沢家ぐらいのもので、明治二十六年（一八九三）の川越大火後に建てられた耐火建築が多いと聞いたが、最盛時には二百軒をこす蔵づくりの家屋が建ち並んでいたというからたいしたものだ。

萩《はぎ》の武家屋敷、妻籠《つまご》の宿場などを見た目には、川越の町屋の姿は、商業的な伝統が息づいている感じだ。しかもそれがごく自然に生活のなかにとけ込んでいる。東京では、これだけの遺構を見ることができない。大東京の変貌《へんぼう》には、歴史的なものをまるごと破壊してゆくような荒々しさがあり、個々の史実は残されても、町並みを自然のままにとどめる配慮がない。それはお役所的な町名変更などにも端的に現われるが、都心から小一時間で来られる川越では、かえって江戸や明治のおもかげが町屋のたたずまいに残っていて、うれしいのだ。

川越夜戦

川越《かわごえ》（河越）城は長禄《ちょうろく》元年（一四五七）に、扇谷上杉持朝《おうぎがやつうえすぎもちとも》の家臣である太田道真《おおたどうしん》・道灌《どうかん》父子によって築かれたといわれる。初雁《はつかり》の城だ。

道灌は築城の名手で、彼の縄張りした城は「道灌がかり」とまでいわれている。しかしじっさいはどの程度のものだったか、虚名のみ高く具体的な伝承に乏しい。有名な足軽戦法にしても、かなり訓練した常備兵だったとは想像されるが、よくわからない。だが築城といい足軽戦法といい、ともに太田道灌の戦術家としての面を象徴するものであり、先駆的な武将だったことがわかる。

長禄元年といえば、道灌が家督を継いだ二年後にあたる。当時道灌は武州荏原《えばら》郡品川（東京都）に居を構えていたが、翌年には江戸城の構築にとりかかり、一年でほぼ完成しているから、それと前後して川越城を築いたものと想像される。川越城の構築は、利根《とね》流域の古河《こが》地方に根拠をもつ古河公方足利成氏《くぼうあしかがしげうじ》に対抗するためのもので、江戸・川越・岩槻《いわつき》（岩付）などを結ぶ防御線の一環をなした。

以後六代、八十年の間、川越城は扇谷上杉氏の居城だったが、朝定《ともさだ》の代に、関東へ進出してきた小田原《おだわら》の北条《ほうじょう》氏に敗れ、朝定は松山《まつやま》城に走った。こうして川越城は北条氏の属城となり、氏康《うじやす》の将北条（福島）綱成《つなしげ》が守備することとなる。

扇谷上杉朝定と山内《やまのうち》上杉憲政《のりまさ》は、ながく確執をつづけてきたが、北条氏の関東進出に対しては共通の脅威を感じており、古河公方足利晴氏《はるうじ》を味方に引き入れ、川越城の奪還作戦にのりだした。そして八万の大軍を動員して川越城に迫るのは天文《てんぶん》十四年（一五四五）九月のことだ。

城の守将、北条（福島）綱成はすぐさまそのことを小田原の北条氏康に連絡した。急報に接した氏康は、翌天文十五年に入ると、手兵八千を従えて救援に赴いたが、両上杉・古河公方の連合軍はそれを迎え、入間《いるま》川を間にして両軍は対峙《たいじ》した。

しかし氏康は、なぜか一戦も交じえずに兵をもどしたので、上杉方の将兵は、「さしもの北条勢も、大軍に恐れをなし、戦わずして逃げた。氏康はかねて名将の誉れ高い人物と伝え聞いていたが、この腰抜けぶりはどうしたことか」

と、あざ笑った。

このうわさは、やがて人を介して氏康の耳にも入ったが、それを聞くと、

「敵はわが計略にまんまとはまった。驕《おご》りたかぶった彼らのさまこそ、思うツボだ」

と膝《ひざ》をたたき、夜襲の計を部下のものに授けたという。

『常山紀談《じようざんきだん》』（岡山藩士湯浅《ゆあさ》常山が三十二歳のときにまとめた名将勇士の武勇伝）には、そのおりのもようをつぎのように述べている。

「氏康の云《い》ふやう敵既に驕《おご》る時こそ喜《よ》しと。其夜将士を集《つど》へ親《みずか》ら之《これ》に誓って曰《いは》く。吾《わ》れ聞く戦ひの道衆《おお》しと雖《いへど》も未《いま》だ必ずしも勝たず。寡《すくな》しと雖も未だ必ずしも敗れず。唯《ただ》士の心の和すると否との如何《いかん》を顧みるのみ。……」

敵は十倍近い勢力だが、寡勢だとみてあなどっている。入間川の線まで進出しながら、兵を返したのは、敵を油断させる計略だった。相手が十倍の兵力なら、ひとりが敵の十人を倒せばよい。——氏康はそのように部下をさとし、鎧《よろい》の上に

白い布をゆわえつけるよう全軍に命じた。夜戦となれば、敵味方の区別がつけにくい。白布をつけていないものはすべて敵と見なして倒せというわけである。

また功名（手柄）をたてようとして、敵の首級（これが当時は功名の証拠とされた）を取る余裕があったら、ひとりでも多くの敵兵を倒すよう心がけよとも下知《げじ》しており、夜戦の心得としては、みごとなものだった。

こうして油断しきった上杉勢の寝込みを襲い、闇《やみ》のなかであわてふためく相手をつぎつぎに倒し、敗走させた。不意をくらった上杉勢は、つないだ馬に鞭《むち》打ったり、弦《つる》の切れた弓を取ったり、あるいは一本の槍《やり》を二、三人で相争ったり、てんやわんやの大騒ぎで、上杉朝定は混乱のなかで討死、上杉憲政は上野平井《こうずけひらい》（群馬県藤岡市《ふじおかし》）へ敗走、足利晴氏も兵をまとめて古河へもどるといったさんざんな目にあったのである。

上杉勢を破った北条氏は、川越城を確保し、つづいて松山・岩槻・忍《おし》・本庄《ほんじょう》などの諸城を従え、半世紀余にわたって関東に勢威をのばすが、この北条時代も豊臣秀吉の小田原攻めで終止符をうたれる。

入間川で対峙したとき、たんに兵を返しただけでなく、ひそかに上杉連合軍へ使者を送り、和睦《わぼく》を申し入れ、二重・三重に対手を油断させたとか、いよいよ夜襲をかけるというときに、北条勢に病気がひろがり、死者が続出したが、突然、牛頭天王《ごず》（疫病を除く神）が現われ、氏康が必死に祈ったかいがあって回復、総攻撃にかかったなどという伝承も残っている。

三大夜戦のひとつに数えられる「川越夜戦」の激戦地は、東明寺《とうめい》のあたりだという。大きな銀杏《いちょう》の樹の下に戦跡を示す標柱が立っている。

歴代の城主

太田道灌《おおたどうかん》が築城した当時は、本丸と二の丸だけの小さな平城だったらしい。北条《ほうじょう》氏の代に三の丸と、八幡曲輪《くるわ》が加わったが、それにしても城の規模は小さい。

本格的な構築は、松平信綱《まつだいらのぶつな》の代になってからである。外曲輪・中曲輪・田曲輪・帯曲輪があらたに加わり、西大手・南大手に丸馬出しがつき、四万六千坪（約一五一、八〇〇平方メートル）のものに拡大される。

しかし現在では、ほとんど遺構はなく、わずかに本丸御殿を除けば、あとには富士見櫓《やぐら》跡と三の丸北側の土塁や堀跡の一部にかつてのおもかげがうかがわれる程度である。だが本丸御殿は、建造物としても貴重なもので、松平斉典《なりつね》が嘉永《かえい》元年（一八四八）に造営したものであり、昭和四十二年に修復されて以後、一般に公開された。唐破風《からはふ》の玄関、大広間・櫛型塀《くしがたべい》など、十七万石の格式をしのばせるものがある。

川越《かわごえ》は江戸城の北辺にあたり、軍事的にも重要な地点であるだけでなく、大江戸の物資の供給地として栄えた土地であり、歴代藩主にも上層譜代のものが多く、大老《たいろう》ふたり、老中《ろうじゅう》六人を出している。

川越藩の成立は、天正《てんしょう》十八年（一五九〇）、徳川家康《とくがわいえやす》の関東入国にはじまる。関東へ入った家康は、すぐさま知行割りにとりかかり、江戸周辺を直轄領でかためたうえで、その外郭を三河《みかわ》（愛知県）以来の譜代層でとりまくように配慮した。この知行割りには、榊原康政《さかきばらやすまさ》を総奉行に、青山忠成《あおやまただしげ》・伊奈忠次《いなただつぐ》・大久保長安《おおくぼながやす》らの各代官が知恵をしぼってとり組んだといわれるだけあって、じつにみごとな政治的構図を示している。

川越城には酒井河内守重忠《さかいかわちのかみしげただ》が入封した。石高は一万石だったが、三河譜代の臣で、永禄《えいろく》十二年（一五六九）に、父正親《まさちか》に従って掛川《かけがわ》の戦いに初陣して以来、姉川《あねがわ》・高天神《たかてんじん》・長久手《ながくて》などで武勲をたてた歴戦のつわものであった。

重忠は入封すると、城下町の繁栄の一助として、諸役の免除を実施し、楽市《らくいち》的政策をとって領内の経済的確立につとめた。文禄《ぶんろく》の役（一五九二）には留守居役を担当、江戸城をあずかり、関ヶ原の戦では弟の忠利《ただとし》とともに大津《おおつ》城を守備した。その功績で、上州厩橋《うまやばし》（前橋）に転封になるのは慶長《けいちょう》六年（一六〇一）春、在城わずかに十一年だった。

その後しばらく城主の空席期間がある。重忠は川越城の軍事的性格を考慮し、ぜひともこの地に、もうすこし踏みとどまり、同時に民政の実をあげたいと願ったが許されず、天海《てんかい》僧正のはからいもあって廐橋への転封となったといわれる。

そのあとが酒井忠利だ。忠利は兄の重忠と同様、家康のもとで忠勤に励み、武名を高めた。家康の関東入国にさいしては、川越の紺屋村で三千石をあたえられたが、関ヶ原戦のあと七千石の加増、川越入部のおりにさらに一万石をおくられ二万石の大名となった。この忠利の入部には、兄重忠の推挙がおおいに作用していたようだ。

忠利も武功一点張りの武将ではなく、老中として幕政に参加し、さらに仙波喜《せんばき》多院《たいん》の造営、領内総検地などを行なっている。

嫡男の忠勝《ただかつ》は忍《おし》領五万石の大名だったが、父の死後、遺領の三万石と合わせ、八万石を領することとなり、老中をつとめた。この忠勝は、三代将軍家光《いえみつ》の信頼もあつく、寛永《かんえい》五年（一六二八）二月以来、なん度か将軍の来遊を仰いでいる。忠勝は儒学を林羅山《はやしらざん》に学び、龍派禅珠《ぜんじゆ》和尚《おしよう》の学風をうけて禅の道をきわめるなど好学心に富んだ大名で、城内の三芳野《みよしの》天神をはじめ、いくつかの寺社の修復につとめるなど、精神面での向上にも資しているが、実直な性格は、「酒井の太鼓《たいこ》」という俗称があったことでも知られる。

というのは大手門登城の時刻が、毎日寸秒も狂わず、酒井家の登城の太鼓で、時刻をはかることができたことから、一般にいわれたらしい。市内の多賀《たが》町に現在も残る「時鳴鐘」は、その酒井忠勝の創建した遺構である。十四歳のときに関ヶ原戦を体験しているが、その経験にかんがみ『関ヶ原始末記』を編纂《へんさん》して献上したのは有名だ。

酒井家は二代で小浜《おばま》へ転じ、かわって堀田正盛《ほったまさもり》が川越城の主となる。その間わずかの時期、奥州中村の相馬大膳亮義胤《そうまたいぜんすけよしたね》が城代をつとめたこともあった。堀田正盛の父正吉《まさよし》は、織田信長《おだのぶなが》や浅井長政《あざいながまさ》・小早川隆景《こばやかわたかかげ》につかえたことのある武将で、慶長十年に家康にかかえられ、正盛の生まれたときはすでに家康の家臣だった。正盛は阿部忠秋《あべただあき》・松平信綱とともに家光の側近のひとりで、家光の将軍就任により大名に昇進した新参譜代の官僚であった。

彼らは、それまでの門閥譜代層を大老格に格上げし、幕政の中枢に参与することになるが、城地をもつのも老中に就任してからであり、江戸城周辺の土地が多くえらばれていることを考えると、新参譜代層の進出が、明らかに読まれる。堀田正盛の川越入部、それにつづく松平信綱の入封などは、その典型だった。正盛は在城三年で信州松本へ移るが、その転封の年の正月、川越に大火がおこり、喜多院や東照宮《とうしょうぐう》も焼けたため、造営奉行として、その再建にあたった。家光が江戸城紅葉山《もみじやま》の書院を喜多院へ寄進したのも、この再建のときである。

知恵伊豆と野火止用水

松平信綱《まつだいらのぶつな》は、知恵伊豆《いず》として知られた名君だ。慶長《けいちょう》元年（一五九六）に、代官の大河内金兵衛久綱《おおこうちきんべえひさつな》の子として生まれた。幼名は長四郎。叔父《おじ》の松平右京大夫正綱《まさつな》の養子となったのは六歳のときである。松平正綱は、三河《みかわ》（愛知県）の十八松平のひとつ長沢松平家を継ぎ、旗本取締役や御勘定奉行をつとめた。正綱には実子があったが、家督を養子の信綱に継がせたのは、信綱のすぐれた才能に強くひかれたためだといわれる。

家光《いえみつ》の誕生後まもなく召し出されて小姓となり、そば近くつかえた。小姓として次の間で休んでいた信綱が、足の指で戸口をおさえ、寝入っていても戸があけば目をさますように心がけたという有名なエピソードがある。よく気のつく人物だったらしい。

元和《げんな》六年(一六二〇)に五百石を給せられたのを皮切りに、小姓組番頭へすすみ、家光の将軍宣下《せんげ》の礼に従って上洛《じょうらく》したさいに、従五位下伊豆守《いずのかみ》に叙せられ、やがて大名に列した。そして忍《おし》藩の城主として三万石を領するにいたるが、その彼が知恵伊豆ぶりを発揮するのは、寛永《かんえい》十年(一六三三)に阿部忠秋《あべただあき》・堀田正盛《ほったまさもり》・三浦正次《みうらまさつぐ》・太田資宗《おおたすけむね》・阿部重次《しげつぐ》らと六人衆になり、さらにその二年後に土井利勝《どいとしかつ》・酒井忠勝《さかいただかつ》・阿部忠秋・堀田正盛と連署の列に加わってからだ。

天草《あまくさ》の乱にさいして戸田氏鉄《とだうじかね》(大垣藩)とともに島原《しまばら》へ派遣されたこともあるが、信綱の才能はむしろ民政面にあり、野火止《のびどめ》用水の開削をはじめとする武蔵野《むさしの》の開拓、城下町の整備などに多くの治績を残している。

江戸期に入ってからの城地の拡大は例が少ない。信綱の権勢と信頼があってはじめて可能だったと思われるが、川越城を四万六千坪の規模にひろげたのは彼であり、しかも種々くふうをこらしたことがわかる。城の拡大と並行して城下町の町割りも行ない、正門の西大手に面した札《ふだ》ノ辻《つじ》を基軸に、縦二十三条、横七十八条の道路を長方形に碁盤割りし、武家屋敷・社寺地・町家などの区域を決め、足軽や中間《ちゆうげん》は組屋敷に割りふられた。

重臣層の武家屋敷は西大手と南大手前に置かれ、その南に家臣団の屋敷がつづき、下級藩士は、外郭や江戸街道の入口近くの組屋敷に住んだ。町家は上五町が商人町、下五町が職人町で、その十か町で惣《そう》町を構成し、伝馬問屋を中心とした江戸町は、西大手わきに設けられた。また社寺地は軍事的配慮もあって城下の外縁、とくに北から西へかけて位置していたが、しだいに移転し、やがて蓮馨《れんけい》寺・養寿院《ようじゆいん》・行伝《ぎようでん》寺・妙養《みようよう》寺などの周辺は門前町をかたちづくり、商人町となる。

だが信綱の治績で注目すべき事柄は、玉《たま》川上水や野火止用水の完成であろう。

信綱は実父の代官大河内久綱につかえていた手代たちを積極的に家臣団へ組み入れ、領内の整備・開拓事業などに活用した。島原の乱がおさまって、ようやく徳川幕府も内政面に主力をそそぐようになるが、その一環として関東各地の治水事業も推進される。

信綱は入封後の数年間は、水田地帯の整備に力を傾けたが、それが緒につくと、こんどは畑作地帯の開拓にのりだす。正保《しょうほう》四年(一六四七)の加増のおり、信綱はみずから希望して武蔵野に五千石をうけたが、水源に乏しく、治水問題が緊急の課題となった。

そのころまで江戸の市民たちは、飲料水を神田《かんだ》上水に仰いでいた。しかし十七世紀の半ばになると、人口の急増に追いつかず、水不足となり、あらたに玉川から水を引く計画がたてられた。総奉行は松平信綱、水道奉行は伊奈忠治《いなただはる》、工事の請負人には枡屋庄右衛門《ますやしょうえもん》・清右衛門兄弟があたった。しかし枡屋兄弟は、工事に二度も失敗し、かねてから用水計画に具体案をもっていた信綱の家臣、安松金右衛門《やすまつきんえもん》と小畑助左衛門《おばたすけざえもん》が起用される。

枡屋兄弟の苦労ぶりは、杉本苑子《そのこ》の『玉川兄弟』にくわしいし、安松金右衛門については三田村鳶魚《みたむらえんぎょ》の『安松金右衛門』という名著もある。安松らは夜を昼についで工事をすすめ、上水工事は一年半で完成した。

信綱には玉川上水の開削に成功した暁に、そこから野火止へ分水するねらいが、当初からあったものと想像される。安松はその意を体して動いた気配があるし、いっぽう枡屋兄弟はそれに不満だった形跡もうかがわれる。それはともかく、信綱は玉川上水完成の功績を認められ、野火止への分水を許されたのである。

安松金右衛門と小畑助左衛門は、いずれも大河内久綱の配下に属する手代で、かねてから関東北部の農政・土木面に通じていたが、松平家の家臣になってからも、種々献策することがあったらしい。

金右衛門は、主君信綱から、野火止への分水工事について相談をうけたおり、黄金三千両はかかりましょうと答えた。すると信綱は、

「いずれこの地を去る日が来るかもしれないが、開拓されれば、のちのちの世をも潤すことになる。公儀への御奉公を考えれば三千両は惜しくない」

といって、この事業に着手したという。

ところが用水溝《こう》は完成したが、水が流れない。一年ほどたって信綱は不安になり、安松に尋ねた。

「水はいかがした」

「来るはずの水がまいりませぬ。おそらく何か理由があるものと考えます」

「どういう理由か」

「なんとも、それはわかりませぬ」

信綱は安松の技量を信じていたが、これではとらえどころがない。そのままに過ぎて翌年になった。しかしまだ水は流れない。そこでかさねて信綱は安松に尋ねた。安松は平然としている。答えも前と同じだった。さすがの信綱もいささか疑いをいだきかけたが、そこはやはり信綱である。信頼するほうに賭《か》けて待った。

そして三年後の秋、大雨とともに大地の裂けるような音がひびき、それまでの水のなかった掘割りに、どっと流れが押し寄せ、一気に新河岸《しんがし》川までつづいた。

信綱はあらためて安松をよび、加増すると同時にいった。

「これまでそちを責めるようなことばをもらしたが、ついに修理しようともせず、信ずるところをつらぬいたのはみごとである」

この話はよく知られているが、信綱の安松への信頼があってはじめて、安松も自信をもって工事をすすめることができたのである。

また河川による運輸面にも力をそそぎ、新河岸川の蛇行《だこう》を改め、上下河岸を設けて、剰余生産物の輸送に貢献した。新河岸川の船問屋は、藩と密接な関係をもち、公用的性格が強く、江戸からの肥灰取引き、藩米の積みおろしなどに利用されたが、商業が発達するにつれ、町方によっても活用され、商品輸送の動脈と化してゆく。そして信綱につづく輝綱《てるつな》の代には川越街道も整備され、ますます商業的性格をもつ城下町としての様相を深めてゆくのだ。

信綱はあるとき、領内の農民に向かって「隠れ蓑《みの》、隠れ笠《がさ》、打出の小槌《こづち》、延命袋」のことわざについて語った。雨が降っても休まず、蓑笠をつけて田畑を耕すようにつとめれば、打出の小槌同様、富がもたらされる。富裕になれば、おのずと寿命も保たれるという意味だが、これは信綱の夢だったのであろう。

信綱の墓所は、新座市《にいざ》の野火止にある平林寺《へいりん》だが、その一郭には安松金右衛門も眠っており、野火止用水の支流も境内の雑木林をぬって流れている。武蔵野の野趣をとどめた平林寺周辺は、信綱の時代の自然を現代にも伝えてくれるように思われる。

側用人柳沢吉保

信綱《のぶつな》・輝綱《てるつな》・信輝《のぶてる》とつづいて松平《まつだいら》氏は下総《しもうさ》（茨城県）古河《こが》へ移り、かわって柳沢《やなぎさわ》吉保《よしやす》が七万二千石で入封、老中《ろうじゅう》をつとめ、十年後には甲府《こうふ》城主となって去る。この柳沢吉保については功罪相半ばする評価がなされてきたが、将軍綱吉《つなよし》の側用人《そばようにん》として権勢をほしいままにした人物である。

もともとは譜代層に属する家柄であったが軽輩にすぎず、ふつうならば政治を掌中におさめるような枢要な地位につける身分ではなかった。しかし、上州（群馬県）館林《たてばやし》藩主の徳川《とくがわ》綱吉につかえた父の関係で、十六歳で綱吉の小姓となり、以後、小納戸役・若年寄上座・側用人・老中格と累進し、元禄《げんろく》七年（一六九四）に川越《かわごえ》藩主となったのは、三十代半ばであった。

元禄十四年には綱吉の名の一字をもらって、それまでの保明《やすあき》から吉保と改まり、松平姓を賜わっているが、さらに甲府藩主・大老格《たいろう》にまで昇進し、文字どおり位人臣をきわめる状態であった。

なぜ綱吉がそれほどに吉保を寵愛《ちょうあい》したか。衆道の思いもあったにちがいないが、好学心に富む点でも共通しており、かねて老中政治に不満をいだき、将軍権力の奪還をねらっていた綱吉が、側用人政治をすすめるうえで、吉保ほど重宝な存在はなかったのだ。

綱吉も暗君《あんくん》ではなかった。初期には天和《てんな》の治といわれる政治を行なっている。しかし封建体制下では、彼流の政治の理念化は容易には実現せず、専制権力を行使すればするだけ、意図するものとは逆な面が強調されていった。生類憐《しょうるい》みの令などは、その極端な例である。生母桂昌院《けいしょういん》が信任する護持院隆光《ごじいんりゅうこう》の口車にのせられて、生類憐みの令を出し、官僚機構の末端にゆけばゆくだけ、取締りそのものもエスカレートするありさまで、側用人制のマイナス面が露呈することになるが、吉保もさすがに気がとがめたのか、綱吉の伝記の初稿では、

「ひとり生類憐愍《れんびん》の政令、もと不仁の微少を戒め、庶民の仁心を全ふせしめんと思召《おぼしめし》よりおこり、さまで厳令なるべきに非ざりしを、吉保・輝貞《てるさだ》(松平)らが奉行のよろしきを失ひけるにや、末々に至りては、すこぶる御心の外なることもありけるとなん」

と反省している。

当時の人びとは、綱吉・吉保それに側用人のひとり牧野成貞《まきのしげさだ》が、いずれも戌年《いぬ》生まれであるところから「三頭狗《く》」とよんだという。

ところで川越藩主としての吉保はどうだったのだろうか。

吉保は上富・中富・下富など三村の開拓を行ない、多福寺《たふくじ》・多聞寺《たもんじ》などの禅寺を創建した。三富新田の開拓は、彼のやった代表的な民政だが、世にいう迎合的

な奸臣《かんしん》とは異なる誠実な一面が、これらの治政からうかがわれるようだ。

黒船一番乗り

柳沢吉保《やなぎさわよしやす》のあと、秋元《あきもと》氏四代、越前系松平《まつだいら》氏七代、松井松平氏二代で明治四年(一八七一)七月の廃藩となるわけだが、そのなかでは松平大和守斉典《やまとのかみなりつね》が有名である。

斉典が藩主となったころ、川越《かわごえ》藩の財政はかなり逼迫《ひっぱく》していた。そこで城下きっての大商人である横田《よこた》家を勘定奉行格に任じて、藩財政の立て直しにかからせた。藩財政の立て直しというと聞こえはいいが、じっさいは横田家に赤字分を肩代わりさせるねらいだったのであろう。いろいろ方策を講じたすえにスッカラカンになり藩財政と心中する結果となっている。

斉典は、荒れた水田の回復のために川島領鳥羽井堤《とばい》の築造を手がけたりしたが、とくに藩校博喩堂《はくゆどう》の創建は、よく知られている。博喩堂は、江戸の藩邸（赤坂）、川越・松山・前橋の四か所にあり、十五歳から四十歳までの男子は、すべて出席するよう規定した。好学心に富んだ斉典が講学所を設けたのはうなずけるが、その裏をさぐってみると、封建体制の動揺を士風の刷新によって防ごうとする意図があったともみられるのだ。

川越藩が、相州（神奈川県）警備に人員を派遣するのは、文政《ぶんせい》三年（一八二〇）である。幕府はそれまでの相州警備役だった会津《あいづ》・白河《しらかわ》両藩にかわって川越と小田原《おだわら》藩を、その任にあて、浦賀《うらが》奉行の支配下においた。そして相州三浦《みうら》に一万五千石余の一部の替地をあたえられるが、川越藩は浦之郷《うらのごう》に陣屋を設け、黒船の渡来にそなえた。

藩では替地に反対で、なんとか預り地とならないものかと願い出たが、うけ入れられず、派遣にともなう予想外の出費に苦しみ、そのピンチ状態を切り抜けるために半知借り上げなども行なわれた。倹約をしいられたのは藩士だけでなく、川越城下の問屋商や、新河岸《しんがし》の船問屋なども同様であった。

しかし、そのおかげで黒船一番乗りの栄誉は川越藩がいただくことになった。弘化《こうか》三年（一八四六）、ビッドル提督の率いるコロンブス号とヴィンセンス号が、城ヶ島の沖合にさしかかったとき、川越藩の浦之郷陣屋から小舟で同船に乗りつけたサムライたちがいた。

このサムライたちは、ヴィンセンス号に乗り込み、ある種の記号をしるした二本の棒を船首と船尾にそれぞれ立てたが、アメリカ人には、それが何を意味するのかまるでわからなかった。どうやら船を占領したつもりでいるらしい。そんなことをされてはかなわないと、すぐさま撤去するよう命令した。そのひとりのサムライは、意味が通じたのか、特別抵抗もせずに、その棒を取り去った――。

これはペルリの『日本遠征記』にある話だが、じつはこの人物こそ川越藩士内池武者右衛門《うちいけむしゃえもん》だったのである。彼が立てた棒状のものは、藩の御船印だったらしい。そのときのもようを武者右衛門は「先登録」という記録に書き残している。

黒船来るの連絡をうけた陣屋の警備役たちは、すぐさま船の支度をして、城ヶ島沖へ漕《こ》ぎ出したが、風が強く、波が立ってなかなかすすまない。やっとの思いで三里半（約一四キロ）ほど乗り出したところで、二隻《そう》の黒船を発見、先頭のヴィンセンス号に武者右衛門が押しのぼった。

異人たちは白装束で、まるで白鷺《さぎ》のかっこうだ。おまけに小筒の先に剣をつけて槍《やり》のように構えている。武者右衛門は夢中で船首に駆けつけ、手にしていた御船印を掲げて、一番乗りの名のりをあげた。その彼より一足早く別の一隊が昇降口から甲板上にあがっていたが、一番乗りの名のりは、武者右衛門が早かったらしい。

異人たちは、船印をとり巻いて「おろせ」と手まねでいい、わめきたてたが、武者右衛門にはわからない。「ハアハア、バアバアと申すばかりにていっこうにわかり申さず候」というわけで、親指で自分の鼻をさし、「一番乗りの船印をおれが立てるんだ」と身振りで伝えた。すると異人には通じたのか手伝ってくれたというのである。

武者右衛門らはやがて、艫《とも》の一段高いところへ連れてゆかれ、いろいろ尋ねられるが、チンプンカンプンである。日本側も停船するよう伝えようとつとめたが、なかなかうまくゆかず、ボスとおぼしき人物を帆柱の前へ連れて行って帆を巻くまねをしたりしたあげく、やっと停船し、同船していた中国人を介して筆談をまじえ、しだいにうちとけるようになる。

わたしは岡村一郎の『川越歴史随筆』などでこの「先登録」の内容を知ったが、内池武者右衛門もまた当時の日本人のなかで、とびぬけた体験をもったわけである。

どこの城にも七不思議はつきものだが、川越城でも、初雁《はつかり》の杉・霧吹の井戸・人身供養・片葉の葦《あし》・遊女《よな》川の小石供養・天神洗足《みたらし》の井戸・城中蹄《ひづめ》の音があげられる。初雁の杉というのは、三芳野《みよしの》神社の大杉にちなむもので、北国から飛来する初雁が、杉の真上で三声鳴き、三度杉の木のまわりをまわって南へ去って行くところからおこったらしい。川越城が初雁城の別名をもつのも、この故事のためだという。

*岡村一郎・内山留吉諸氏ほかの著作に教えられることの多かったことを記して感謝します。

七尾城

戸部新十郎
とべ・しんじゅうろう

1926年〜2003年。「安見隠岐の罪状」「忍者服部半蔵」「松永弾正」「伊東一刀斎」など。

霜は軍営に満ちて

ここは七尾城《ななお》というより、「城山」といったほうが親しみやすい。むかしの国名でいうと、加賀《かが》・能登《のと》・越中《えっちゅう》三州の境目におこった宝達《ほうたつ》山系が、北走して七尾湾に尽きようとするところである。

七尾に生まれたわたしは、その山並みを朝な夕な、東南のかたに見あげて育った。照る日はそこから明け染め、雨の日はやはりそこから曇りはじめたものだった。

はじめてのぼったのは、小学校へ入ってすぐの遠足である。現在の案内書によると、

「七尾駅の東南五キロ。バス一五分。下車後徒歩五〇分。標高三〇〇メートル」

というわけだから、子どもの足ではかなりきつい。

道は古屋敷・古城から大手赤坂口をたどる旧道だった。もっとも、当時はそれしかなかったのだから、旧道も新道もないわけで、急カーブの「七曲がり半くぼ」と称されるあたりは、左右の谷が深く迫っていて、ずいぶん怖《こわ》い思いをした。山内は杉木立におおわれ、ところどころ残る石垣が苔《こけ》むしていて、どちらかといえば、陰気で薄暗く、湿ったにおいがこもっていた。調度丸から桜馬場あたりだったろう。

段をのぼれば本丸台上だった。そのころは本丸ということばを知らず、たんに「てっぺん」とよんでいたが、そのてっぺんの木立の間から、わたしたちの住む町並みや七尾湾が眼下に見え、さらに能登の島山が果てしなく雲ぎわにひろがっていた。

わたしたちはそこで歓声をあげようとしたが、突然、響きわたる異様な合唱にかき消されてしまった。おどろいて振り向くと、男教師を中心に高学年生が並んでおり、みな腰に手をあてがい、真っ赤になって力み返っていた。はじめて耳にする詩吟というものだった。

詩はそして、

霜ハ軍営ニ満チテ秋気清シ
数行ノ過雁《かがん》月三更
越山併《あわ》セ得タリ能州ノ景
遮莫《さもあらばあれ》家郷遠征ヲ懐《おも》フ

という、かの上杉謙信《うえすぎけんしん》作「九月十三夜」にまぎれもなかった。城山初登山の象徴的光景として、いまも印象ぶかく残っている。

さきごろ、久しぶりに訪ねてみたら、スカイラインと称する新道ができており、車があっという間に、本丸直下の調度丸付近まで運んでくれた。行程はかわっても、すぐにあの懐かしい山のにおいがよみがえってきた。

本丸跡はすっかり木が切り払われていて、青々と芝草が茂り、いかにも天空開《かい》豁《かつ》といったおもむきだった。そこからの眺望《ちようぼう》はだから、いっそう雄大無辺に感じられた。

案内かたがた同行してくれたNさんは、やおら、

「ひとつ、やりましょう」

といって、腰に手をあてがい、はるか雲ぎわをにらんで身がまえた。わたしはもうおどろくこともなく、耳を傾けた。寂とした山頂に、Nさんの吟詠が朗々として流れ、なかなか感慨ぶかかった。詩はむろん「九月十三夜」である。

畠山氏入国、ひるがえる引両紋

伝聞だが、その台上に風光を賞《め》でながら、詩を詠む態《てい》の謙信《けんしん》の銅像を建立しようという話がもちあがったことがあるそうだ。そこで有志がまず、荏原《えばら》製作所の創立者、故畠山一清《いっせい》氏のもとへ寄付をあおぎに参上したところ、即座にことわられたというのである。

「先祖を滅ぼした男の像を建てるために、寄付せにゃならんのかね」

というしだいである。

一清氏は能登《のと》の守護《しゅご》畠山氏の傍系、松波《まつなみ》城主の子孫だが、数少ない畠山氏系の筆頭である。現在、本丸跡に建つ壮大な「七尾城址《ななおじょうし》」という石碑は、氏の筆跡になるものだ。

伝聞の真偽はさておき、話としてはよくできている。じっさい、遠い天正《てんしょう》の落城の悲憤を、いまもって持続している人はなく、有名な詩と雄大な眺望《ちょうぼう》を思えば、行人包みに胴肩衣《かたぎぬ》といった謙信の英姿をついついそこに据《す》えてみたくなるのは人情だろう。

もっとも、詩ばかり有名なのも困りもので、『石川県史』の編者日置謙《へきけん》によれば、

「七尾の古城は、畠山氏の拠《よ》りしが為にあらずして、却《かえ》ってこの吟あるが故に名蹟《みようせき》たるの感あるに至れり」

ということになる。

史跡七尾城はしかし、かつて陸軍築城本部から、「日本一の古城址」と推奨さ

れたし、畠山氏がそこに拠ることによって、百七十年間にわたり文化の中心地になった。この文化は、やがて前田《まえだ》氏の藩政下でないまぜにされてしまうが、もっと見直されるべき問題だろう。

だいたい七尾城は応永《おうえい》年中（一三九四〜一四二八）、守護《しゅご》大名として入国した畠山満慶《みつよし》（満則《みつのり》）によってはじまる。はじまる、という表現はあいまいだけど、築城年代が詳らかでなく、満慶晩年の正長《しょうちょう》年中（一四二八〜二九）説をとるにしても、当初はたぶん砦《とりで》のようなものに相違なく、数代にわたり、しだいに整備されてきたはずだからである。

畠山氏と能登の関係は、天授《てんじゅ》二年（一三七六）、畠山義深《よしとお》が能登ほか四か国（河内《かわち》・和泉《いずみ》・紀伊《きい》・越中《えっちゅう》）の守護職に任ぜられたときからだが、このころの有力守護大名は在京がたてまえで、領国支配はもっぱら守護代がつとめていたから、まだ畠山氏の能登入国はない。

義深の子が基国《もとくに》で、基国にふたりの子があった。兄を満家《みついえ》といい、弟が満慶である。兄の満家は将軍足利義満《あしかがよしみつ》の勘気にふれることがあって、満慶がいったん家督を継ぎ、のち兄に家を譲り、彼は能登一国の守護となって入国する。

ついでながら、彼らは異腹の兄弟らしく、同年である。たいそう仲がよく、たがいに頼り合ったというから、当時としては稀有《けう》の間柄といわねばならない。

満慶入国の明確な年代はわからない。能登守護職になったのが応永《おうえい》十年（一四〇三）だから、それよりのち、そうおそくない時期と思われる。

館《やかた》は城山の一部、松尾《まつお》山のふもとに設けられた。いまの七尾市古屋敷・古城のあたりである。

そこは府中国衙《こくが》跡近くで、前代の守護吉見氏も府庁を置いたところだから、守護館として当然だろうが、山を負うそんな位置は、城の発生成立の一典型である。港はむろん、国府津として、日本海往来の要《かなめ》となったことだろう。

京育ちの満慶は、館背後の七つの屋根に、それぞれ松ノ尾・菊ノ尾・亀ノ尾・虎ノ尾・梅ノ尾・竹ノ尾・龍ノ尾と名づけ、風雅を楽しんだ。これが「七尾」という地名のおこりだといわれている。

彼はまた、南北朝の争乱以来、祭礼式典のすたれているのを嘆き、その復興につとめた。今日、全国有数の祭礼とされ、盛大に営まれている大地主神社《おおとこぬし》の「青柏祭」も、満慶の復活したものといわれている。

「青柏祭」が有名なのは、日本一の曳山《ひきやま》（デカ山）が三台、曳き出されるからだが、それらの現状は、総体扇型をなし、高さ一五メートル、上部のひらき二二メートル、幅五メートル、重量二〇トン、車輪の直径二メートル、同幅〇・八メートルに及ぶ。扇型にひろがった部分いっぱいに、歌舞伎《かぶき》人形が飾られる。

伝えによると、満慶は曳山を奉納する三町に、諸税を免税し、幔幕《まんまく》に畠山氏の家紋を使用することを許したというが、三町の町名発生の年代から、直接の関係は疑問視されている。それにしても、明らかに定紋「引両」や替え紋（と伝える）がひらめいており、畠山氏滅亡後、入ってきた前田氏の「梅鉢紋《うめばちもん》」が見られないところに、この町のちょいとした心意気がうかがわれないこともない。

栄華、山上山下に連なる甍

以来、九代、百七十年間が畠山《はたけやま》氏の時代であり、とりもなおさず七尾《ななお》城の時代である。

歴代、風雅をたしなんだが、二代義忠《よしただ》は正徹《しょうてつ》・堯孝《ぎょうこう》など当時一流の文化人と交友があり、「畠山匠作亭《しょうさくてい》詩歌」を残している。なお、彼の次子政国《まさくに》は、畠山宗家をいったん継ぎ、応仁《おうにん》の乱の因《もと》となった畠山宗家の家督争いにかかわっていく。三代義統《よしむね》(三代を義有《よしあり》とする説もある)のころ、正徹の高弟、招月庵正宏《しょうげつあんせいこう》や祐厳《ゆうげん》らが訪れて、歌会、連歌の会がさかんに催された。「賦何船連歌百韻《ふすなにふね》」には、彼みずから発句して、

松風は雪におさまるあしたかな

と詠んでいるが、自信と安泰な状況を示すものだろう。能の観世太夫氏重《かんぜだゆううじしげ》、狂言の兎太夫《うさぎだゆう》らが扶持《ふち》を求めてやってきたのもこのころである。

四代義元《よしもと》は、三条西実隆《さんじょうにしさねたか》と親交あつかったし、宗祇《そうぎ》門下の月村斎宗碩《げっそんさいそうせき》やその異母弟小幡永閑《おばたえいかん》などと、七尾湾内の瀬嵐・机島を明石《あかし》の浦《うら》になぞらえて、風流を楽しんだという記録がある。

五代義総《よしふさ》（五代を慶致《よしむね》とする説もある）は歴代のうち、もっとも教養高い風流人で、いわゆる「畠山文化」を育成した人物である。みずから和漢の学に通じ、南禅《なんぜん》寺の惟高妙安《いこうみようあん》によれば、「書経《しよきよう》を理解暗誦《あんしよう》し、和歌や漢詩を吟詠し、三万軸の牙籤《がせん》（索引のための札）の色をかえ、世に知られない幾多の文書・書籍を秘蔵していた」というくらいだった。直接の師は清原宣賢《きよはらのぶかた》や東福《とうふく》寺の彭叔守仙《ほうしゆくしゆせん》で、わざわざ七尾に下向してきて『書経』を講義している。

茶人の丸山梅雪《まるやまばいせつ》もいた。梅雪は元来、畠山宗家の臣であったもので、堺《さかい》から能《の》登《と》へ来て重用された。なかなかの有徳人で、茶道の先達である。

梅雪によって、この僻遠《へきえん》の地にすでに堺流茶道が普及されていたと考えられるし、義総自身、曜変《ようへん》の蓋置《ふたおき》・油滴《ゆてき》・天目茶碗《てんもくぢやわん》、「老茄《おいなす》」銘の入った茶入れなどを所持していて、下向の数寄人《すきびと》をおどろかせている。能も盛んで、日吉太夫、金春《こんぱる》の宮五太夫もきていた。

和歌の名門、冷泉為広《れいぜいためひろ》・為和《ためかず》父子のほか、多くの文人が能登畠山氏を頼ってやってきた。不安な京を逃れてのことだろうが、迎え入れる環境でもあったわけで、為広はこの地に生涯《しょうがい》を終えている。

画家長谷川等伯《はせがわとうはく》は、天文《てんぶん》八年（一五三九）、七尾の生まれだが、その『等伯画説』によると、能登の屋形（四代義元か）は加賀《かが》の守護《しゅご》富樫泰高《とがしやすたか》が馬の絵を得意にしていたので、所望して十幅贈られ、返礼として絵の馬と同じ毛並みの馬十頭を贈ったという。また、牧谿《もっけい》の再来といわれる黙庵《もくあん》が、元《げん》に渡って描いた「猿猴《えんこう》四幅対」が日本に伝来し、能登の屋形（不詳）が所持しているとも述べている。

歴代が絵画を好み、理解していたふうがうかがえる。等伯のような画家が生まれる土壌《どじょう》であったと考えねばならないだろう。

産業もおおいにおこっていた。そのきざしはすでに三代義統のころに見いだせる。

応仁の乱に、義統は能登の軍勢三千を率い、西軍のために戦った。これは将軍(義政《よしまさ》)に敵対することだったので、乱後、帰参を許されたものの、幕府の地位確保にずいぶん苦労する。

こんな苦労はいまもむかしも、どうやら進物のかたちで現われるようだ。彼は義政はじめ義尚《よしひさ》、近臣伊勢《いせ》貞宗《さだむね》、被官の蜷川《にながわ》親元《ちかもと》らへ、せっせと進物した。親元は筆まめに日誌をつけていたので、そのおよそがわかる。

鳥目《ちょうもく》・太刀《たち》・馬はべつとして、白鳥・鵠《くぐい》・ブリ・サケ・コノワタ・イリコ・サバセコ・クルクル(タラの白子か)・サバコなど、多くは能登の特産物だ。コノワタのごときは、延べ千六百八十桶《おけ》に達している。

なにも進物のためばかりではないだろうが、領内の産物保護・奨励が行なわれ、おいおい生産があがったふしがある。もともと、能登一円には、塩・ノトノリが有名だし、中居鋳物師《いもじ》による能登釜《がま》、珠州窯《すずがま》による珠州焼などがあり、生産一般が活発になると、当然ながら流通が行なわれる。市《いち》が立ち、運送交通が発達し、航路がひらけ、造船がおこる、というわけだ。義総のころ、たぶん全盛だったと思われる。

そして、七尾城が城として整備構築されたのもこのころだった。山麓《さんろく》にあった守護館が山内に移り、重臣たちの館がそれにつれて移り、散在というより割拠していたようだ。

遺憾ながらその詳細は明らかでない。史跡に指定された箇所は、本丸跡・桜の馬場跡・石の丸跡・調度丸跡・二の丸跡・三の丸跡と尾根伝いに連なる一部分だが、最近の調査でつぎつぎあらたな遺構が発見され、東は鍛冶屋《かじや》川・木落《きおとし》川、西は大谷川に守られた広大な規模にひろがっていたと思われる。

さきの冷泉為広は、大永《たいえい》六年（一五二六）五月、城内「義総亭《ぎそうてい》」で催された歌会で、

庭ひろみ苔《こけ》のみどりはかたよりて

あつき日影に白きおちこち

と詠んだ。義総亭は城郭そのものではないが、風格ある情景がしのばれる。山腰には「釣山軒《ちょうざんけん》」と称する亭《あずまや》があって、下向してきた文人たちが滞在していたというが、こんなものがほかにいくつも建っていただろう。重臣たちも館内に亭をもっていた。温井総貞《ぬくいふささだ》の亭は「独楽亭《どくらくてい》」とよばれ、訪れた守仙《しゅせん》は『独楽亭記』を著わしている。そのなかで、「大守の恵みを慕い、山下に家を移すもの千門万戸、城府に連なることほとんど一里余り、呉綾《ごりょう》蜀錦《しょくきん》、粟米塩鉄の売り買いで賑《にぎ》わう」とある。山上山下、軒甍を並べ軍事・政治・風流・生活が一体となった城と城下町の盛んな光景が展開されていたわけだ。七尾城の栄華をしのぶ数少ない記録のひとつである。

内憂外患、七人衆の成立

天文《てんぶん》十四年（一五四五）、義総《よしふさ》が死ぬと、にわかに七尾《ななお》城外は緊迫してくる。むろん、幕府の凋落《ちょうらく》、下剋上《げこくじょう》の風潮、重臣たちの勢力争い、なかんずく怪物一向一揆《いっこういっき》の登場という変乱現象とも無縁ではない。

近隣越中《えっちゅう》（富山県）では、守護《しゅご》の畠山《はたけやま》宗家が衰え、神保《じんぼ》・椎名《しいな》氏が争いをつづけていたし、越後《えちご》（新潟県）では守護代長尾《ながお》氏が上杉《うえすぎ》氏にとってかわっていた。加賀《かが》（石川県）では一向一揆が守護富樫《とがし》氏を滅ぼし、「百姓の持たる国」を形成していた。畠山氏は一向一揆に滅ぼされこそしなかったものの、ひとり渦中《かちゅう》から遠ざかるわけにはいかない。越前《えちぜん》（福井県）の朝倉《あさくら》氏、越後の上杉氏に呼応して、加賀・越中へ軍勢を出して戦い、いっぽうでは一揆の内部抗争で、加賀から逃走してきた一向寺院を保護したりしている。だれもがたくらんだ和戦両様の策だが、畢竟《ひっきょう》、いや応なく、複雑にからみ合っていくことになる。

義総の跡を継いだ六代義続《よしつぐ》は、六年後の天文二十年、早くも七代義綱《よしつな》に家督を譲る。経緯は不詳だが、相続上の問題と重臣間の勢力争いにほかならない。

その様相を裏書きするように、このころ治政は重臣の合議制になっている。いわゆる「畠山七人衆」の成立で、温井《ぬくい》紹春《しょうしゅん》・遊佐宗円《ゆさそうえん》・同続光《つぐみつ》・長続連《ちょうつぐつら》・三宅《みやけ》総広《ふさひろ》・平総知《たいらふさとも》・伊丹続堅《いたみつぐかた》だった。

温井氏はもと能登《のと》守護だった桃井《ももい》氏の末と伝える地侍《じざむらい》であり、遊佐氏は畠山氏の守護代だったものだ。もっとも勢力のあったのがこの二家で、たがいに一向一揆と交渉をもちながら、闘争をつづけた。また、のち異彩を放つことになる長氏は、鎌倉時代、地頭だった長谷部信連《はせべのぶつら》の末である。

天文二十二年、遊佐続光は先々代義総の弟、畠山駿河《するが》というものを擁し、一揆の加勢を得て、反抗をくわだてた。温井紹春らは奮闘して、続光を退ける。ふつう、大槻《おおつき》合戦とよばれているが、続光は越前へ逃れた。

乱後、権力をにぎった紹春だが、その権勢はそう長くはつづかなかった。弘治《こうじ》初年、主君義綱が連歌の会にこと寄せ、毒殺してしまうのである。紹春の遺族景隆《かげたか》や一党の三宅長盛《ながもり》らは逃走し、遊佐続光が帰参してきた。帰参したということは権力をにぎるということで、義綱はすると続光を葬ろうと画策する。その義綱が永禄《えいろく》九年（一五六六）ごろ、重臣たちの合議によって追放されてしまうことになる。

義綱は酒色にふけるだけの暗愚な城主として伝えられているが、どうやら時代と置かれた立場をよくのみ込めず、ひたすら実権をとり返そうと焦っていた人物のようだ。以後、父徳祐《とくゆう》（義続の入道名）とともに、越後の謙信《けんしん》や近江《おうみ》（滋賀県）の六角《ろっかく》氏（姻戚《いんせき》）を頼り、地位回復に涙ぐましい努力をつづけるが、城主には義綱の嫡子で、まだ少年の八代義隆《よしたか》が立てられた。七尾城はもうはっきりと、重臣たちのつごうによって左右されるようになっていた。

気がつくと、南から織田《おだ》信長が北上しようとしていたし、北から謙信が南下しようとしていた。この二大勢力は、一方が加賀の、一方が越中の一向一揆勢を平らげつつの侵攻で、夾雑物《きょうざつ》がとりのぞかれれば、直接ぶつかり合わねばならぬ理屈だった。

しだいにわかりやすい情勢になってきていた。二大勢力からみれば、能登―七尾城は夾雑物のひとつでしかなかったかもしれず、七尾城としてはいずれへつくかが問題だった。

ふつう、長一族のみが織田方について奮闘し、孤忠を守ったとされているが、このさい、織田方につくことと畠山氏への忠節はむろん別のものである。伝説はしかし、勝ち残った織田氏―前田氏につながる長氏の『長氏家譜』などに傾くのはやむをえない。

当初は重臣一同、上杉氏に頼る意向があり、よしみを通ずる手紙を送ったりしている。いくぶんの逡巡《しゅんじゅん》があったとすれば、織田氏の存在ではなく、謙信が七尾城から追放された義綱のあと押しをしているせいだっただろう。逃亡していた温井一党がいつの間にか帰参しているのも、義綱の逆襲にそなえてのことだった。

こんな情勢のなか、天正《てんしょう》二年（一五七四）ないし四年に、城主義隆が毒殺される。あと擁立されたのが幼児の春王丸で、これが畠山氏最後の城主となる。

『長氏家譜』など長氏関係の資料によると、毒殺したのは遊佐続光と温井景隆だとされている。義隆は死にのぞみ、長続連・綱連《つなつら》父子に後事を託したといい、涙をそそられる場面になっているばかりか、落城前後の遊佐・温井の不快な行動と符号する。

けれども、続連そのものの犯行だという説（『上杉輝虎《てるとら》公記』ほか）もある。あるいは重臣間の共同謀議であったかもしれず、このあたりの「錯乱」は詳らかでない。義隆毒殺の理由は、さきの義綱が暗愚だったのとは逆に、あまりに「能《よ》き大将」だったからだという。もっとも、重臣たちにとっては、暗君も能将も同じ意味だっただろう。

落城、長連龍の奮闘

天正《てんしょう》四年（一五七六）九月、謙信《けんしん》は加賀《かが》の一向一揆《いっこういっき》と和睦《わぼく》し、加賀に入っていた織田勢と戦うべく、津幡《つばた》まで兵を出してきた。ときに、七尾《ななお》城に対しては、義綱《よしつな》の弟で、人質であり猶子《ゆうし》であった義春《よしはる》（のち上条政繁《かみじょうまさしげ》）を城主にする条件で、屈伏を要求した。義綱の人気の悪いのに気づいたからだろう。

七尾城衆はしかし、いっせいに反発した。謙信には七尾城の反発は意想外のことであったにちがいなく、またもっとうまく交渉していたら、七尾衆は織田方と戦うことになっていたかもわからない。

謙信はたちまち反転して、七尾城に攻めかかった。その勢一万三千といわれ、これに対し、城方は約二千だった。

兵力は少ないが、城は天険の要害である。弘治《こうじ》年中（一五五五～五八）、義続《よしつぐ》のこと

ばとして、
「当城、いよいよ堅固に候」
と誇っている記録がある。水脈にめぐまれ、谷間を伝う水は豊富だったし、現在も涸《か》れることのない「樋《とよ》ノ水」もあった。こういうわけで、その必要もなかっただろうに「白米を滝のように落としてみせる」という、どこにでもある伝説がここにもある。

長期戦になった。謙信は七尾城を包囲したまま、熊木・富来《とぎ》・穴水《あなみず》・甲山・正院といった能登《のと》の支城をつぎつぎ落とし、部将を入れた。それでも七尾城はびくともせず、翌五年三月、関東の急変で、いったん帰国する。そのすきに、城衆は打って出て、奪われた支城を奪還しはじめた。謙信はふたたびやってきた。閏《うるう》七月十七日には、ふもとの天神河原に布陣し、攻撃を開始した。

城方は、大手赤坂《あかさか》口に長綱連《ちようつなつら》・同連龍《つらたつ》・杉山則直《すぎやまのりなお》・平綱知《たいらつなとも》・飯川義清《いがわよしきよ》ら、搦手《からめて》大石谷口に温井景隆《ぬくいかげたか》・三宅長盛《みやけながもり》、木落《きおとし》口に遊佐続光《ゆさつぐみつ》・同義房《よしふさ》らを配し、そのほか誉田《ほんだ》・隅屋《すみや》・神保《じんぼ》らが要所要所をかため、二本松義有《にほんまつよしあり》と長続連《つぐつら》が幼主春王丸を守護していた。

こんどもまた、攻防五十日に及んだ。山内にはしかし、逃げ込んできた何千という城下の男女であふれ、糞尿《ふんにょう》の悪臭が満ち、悪疫がはやりはじめていた。城下民が逃げ込んだというのは、上杉《うえすぎ》勢が一般庶民にかなりの暴虐を加えたためではなかったろうか。

たぶん、その悪疫にかかったのだろう、幼主春王丸が病死した。わずか五歳であったという。かたちばかりの城主でも、城主の死によってようやく城衆の士気が衰えた。謙信はすかさず、「年来、奏者役のよしみ」をもって、遊佐続光に内応をすすめる密書を送った。内応すれば、旧領ほか長一族の地をすべてあたえるというものだった。

続光は温井・三宅党を誘って同意させたが、長一族は反対した。綱連は織田勢の来援を期待しており、すでに弟連龍を城外に脱出させ、安土《あづち》の信長のもとへ走らせてあったのである。時に、織田の北進勢は、南加賀まで進出し、謙信と通じた一揆勢と対峙《たいじ》している状況だった。

遊佐・温井らは、まず故幼主の傅役《もりやく》だった続連を暗殺した。老父の悲報を聞いて、綱連が持口《もちぐち》から駆けつけるところを待ち伏せて、これも殺した。そのうえで降伏開城し、上杉勢を導入している。この上杉勢によって、残る長一族百余人が討ち取られたという。天正五年九月十五日のことである。

残念ながら、連龍は間に合わなかった。織田の先手とともに駆けもどる途中、すでに城は落ち、親兄弟の首がさらされてあるのを知った。ただひとり生き残った連龍は再起復仇《ふっきゅう》を誓う。

連龍はやがて、織田氏のために能登の地で働き、遊佐・温井党を討ち、入国してきた前田氏につかえ、老臣としてながくその祀《し》を伝えることになる。どちらかといえば、陰湿であっけない七尾城の幕切れに、連龍ひとり異彩を放ったわけだ。

ところで落城のとき、謙信は本営を石動山大宮坊に置いていた。この山は城山の南に連なる真言系の古い修験山で、衆徒はかねて謙信によしみを通じており、永禄《えいろく》年中（一五五八～七〇）には越中《えっちゅう》攻めの上杉勢のため、大般若経《だいはんにゃきょう》を転読して、戦勝を祈ったりしている。

謙信はそこから河田長親《かわだながちか》・鯵坂長実《あじさかながざね》を遣《や》って城を受領させた。本人はすばやく加賀へ南下して織田勢を退け、じっさいにみずから七尾城へのぼったのは、九月二十六日のことだった。

春日山城《かすがやま》へ送った手紙には、その日が吉日なので、城修築の鍬立《くわだて》のためにのぼったが、「加越能《かえつのう》ノ金目（要《かなめ》）ノ地形ト云《いい》、要害山海相応、海頰島々ノ体迄《まで》モ絵像ニ写シ難キ景勝」だといっている。

もはやお気づきのように、謙信が十三夜の月明のもと、本丸台上に諸将を集め、宴をひらき、席上詠じた（『日本外史』）というあの「九月十三夜」の作詩は疑わしくなってくる。

じつはこの疑問に対する詮索《せんさく》は、ずいぶん行なわれている。けれども、おくればせながらであれ、謙信みずから「絵像ニ写シ難キ景勝」をながめたのは事実で、おおいに詩情に動かされたにちがいない。たとえ、なにものかの仮作であったとしても、とくに謙信の心をそこなうことはないだろう。

天正九年八月、能登をあたえられた前田利家《としいえ》は、この七尾城を廃し、居城を所口小丸山（現、七尾市内小丸山公園）に移した。城というものが、山城から平山城に移る過程でしかないが、城下町も現在、七尾市街に移動し、もしかしたら残ったかもしれない遺構や記録は、大半失われてしまった。

とりもなおさず、畠山文化の消滅である。「九月十三夜」の詩はだから、追憶の悲歌であり、壮麗な幻の挽歌《ばんか》のようにも聞こえる。

小谷城

永井路子

ながい・みちこ

1925年〜。64年、「炎環」で直木賞受賞。他に「銀の館」「北条政子」「歴史をさわがせた女たち」など。

戦国の幻想はいまも

小谷《おだに》の城には、遺構らしい遺構は残っていない。城ということばから、ただちに天守閣や白壁を連想する方々にとっては、誠に殺風景な、無価値な城址《じようし》とみえるかもしれないが、しかし、わたくしにはそうは思えない。いや、なまじ戦後流行したコンクリートの模型にしかすぎない城が、ここに姿を現わさないでしあわせだったとさえ思っている。

ひとつには、現状を破壊されないおかげで、戦国の幻想は、かえってそっとそのまま残されているからだ。妙な形をもつよりも何もないほうが、幻想は自由にはばたく。とりわけこの城にまつわる興亡の悲劇は、荒涼たる廃城のなかにあるがゆえに、よりなまなましく息づいているともいえるのだ。

が、なかには、それではありし日の小谷城の威容が実感できなくてわびしいとお思いの方もいるかもしれない。そういう方々はすこし離れたところから、この山を眺《なが》めていただきたい。近江《おうみ》（滋賀県）の野に裾《すそ》を長く引いて、ひときわ高く屹《きっ》立《りつ》する小谷山の風格は、その頂上に天守などのぞかせなくても、戦国の勇将、浅《あざ》井《い》氏の居城の俤《おもかげ》をしのばせるには十分である。

そのことを実感したのは、数年前のことだ。お市《いち》の方や長政《ながまさ》についての小説を書くために、わたくしは何回もこの城を訪ねているが、一度、お市の嫁入りの道筋をたどって、美濃《みの》（岐阜県）から伊吹《いぶき》山の裾をまわって近江路に出てきたことがあった。まるで道の上にのしかかってくるような感じの伊吹山の真下をまわってゆくと、行く手の真正面に左手からさして高くない小山が、にゅっと姿を現わしてくる。これが臥龍《がりゅう》山（横山）で、のちに織田信長《おだのぶなが》と浅井長政との間に戦われる近江攻防戦の折、織田方の陣地として重要な意味をもつところである。そしてその山麓《さんろく》に近づくと、道は伊吹山麓を離れ、突然明るくなる。いよいよ近江平野に出たのだ。そう思って目を上げると、左手に早くもさわやかな稜線《りょうせん》を描いて近江野に聳《そび》える山が見えてくる。手前に幾重にも折りたたまれた丘陵を従えて誇らかに立つ山こそ、小谷山なのだ。

「われ、ここにあり」

山は無言で周囲の野や丘にそう宣言しているようにわたくしには思われた。一瞬の生のきらめきをみせて散っていった若き武将、浅井長政のイメージを重ねるにふさわしいこの山の姿が実感できれば、もう城の遺構は、さほど必要はないのではあるまいか。

浅井亮政登場

近江《おうみ》は昔から経済的にも文化的にも開けたところだった。それらを支えたのは琵琶《びわ》湖畔の平野のひろがりである。しかも地理的にはきわめて都に近い。だからこの地を占める有力者は、いつも中央の政治と深いかかわりをもった。戦国よりすこしさかのぼった南北朝時代の佐々木道誉《ささきどうよ》などは、なかでもきわめて進歩的でドライな武将のひとりだった。室町《むろまち》時代にはこの佐々木の一族が、北方に拠点をもつ京極《きようごく》氏と南方を占める六角《ろっかく》氏に分かれたが、とりわけ六角氏の勢力は強大でこれを憎んだ足利《あしかが》将軍家が追討のために兵をさし向けても、結局成功できず、うやむやに妥協するより仕方がなかったくらいだった。

が、室町時代も末になると、この六角家・京極家のなかに、それぞれ内部分裂が起こる。そしてその部将たちはいやおうなく両派に分かれて戦いはじめる。そしてなかには、この動乱に乗じて主家を凌《しの》ぐ勢いをもつものが現われる。浅井《あざい》氏はまさにそうした新興勢力のひとつだった。

浅井の家のルーツははっきりしない。古く物部《もののべ》氏の血筋をひくとか、都の貴族の落胤《らくいん》だとかいう説もあるが、いずれも信ずるには足りない。いずれ土着の小領主のひとりだろうというのが、まず間違いないところであろう。室町末期の応仁《おうにん》の乱あたりから、すこしずつ頭角を伸ばしはじめたようだが、はっきり行動をつかめるのは、十六世紀の初め、浅井亮政《すけまさ》の時代からである。

亮政はかなり要領のいい男だった。主人筋の京極家の内紛に乗じて勢力を伸ばしていったところは、同じ程度の在地の武士と変わらない道をえらんだわけだが、間違っても自分の損になるようなほうにはつかず、着実に地歩を固めていった。その本拠は名前がしめすように小谷山《おだにやま》の麓《ふもと》の浅井あたりだったようだが、そのころの小谷城がどの程度のものだったかはわからない。

当時の京極家では内紛が一応おさまり、高清《たかきよ》が総帥として戦国大名への道を歩みはじめたが、高清の晩年、息子の高延《たかのぶ》よりその弟高慶《たかよし》を愛したため相続争いが始まった。このとき、亮政は高延方について戦い、ついに高清と高慶を尾張《おわり》（愛知県）へ追放してしまう。

表面は輝かしい高延の勝利だが、じつはこれこそ、亮政自身の勝利にほかならなかった。小谷城の本格的な築城も多分このころではなかったか。その意味では典型的な下剋上《げこくじょう》だが、しかし、このとき亮政はなかなか巧妙な手を打った。やがて彼は高清と和睦《わぼく》し、尾張から迎えて、高延（のち高広と改名）ともども天守に近い最もよい地点に住まわせ、ここを京極丸《つぶら》と称したのだ。実力を失った主家の若様を手厚くお迎えして、忠義を尽くすように見せかけてはいるが、彼らはていのいい旗印であり、人質である。ここに京極父子がいるかぎり、京極の旧臣は、めったに浅井の城を攻めることができないわけだから、その意味では彼らは石垣がわりでもあった（のちに浅井は高延を追い、高慶（吉）とよしみを結ぶ。亮政の子の久政《ひさまさ》の代になって、その娘を上平寺城にいる高吉《たかよし》に嫁がせるが、これも同一路線による政略である）。かくて、彼は江北の雄にのしあがった。しかし、大きくなればなったで、周囲の眼は一段と鋭く光りはじめる。まず浅井擡頭《たいとう》に憤慨したのは六角氏だ。

——ふん。浅井づれが大きな面をするな。

　この前後から六角氏を相手の亮政の死闘がくり返される。が、なんといっても六角と浅井では格が違う。あの手この手を使っても、なかなか六角を倒すことは不可能だった。あるときは六角の家臣を抱きこみ、出陣の留守を狙《ねら》って、本拠の観音寺《かんのんじ》城を衝《つ》かせようとしたが、これも失敗に終わった。亮政は出陣のたびごとに敗走、また敗走の屈辱を味わわねばならなかった。いわば戦国大名として生き残れるかどうかの境目である。一時は六角との間に和平も成立したが、もとより永久的なものではない。その動乱のなかで、亮政は天文《てんぶん》十一年（一五四二）、波瀾《はらん》に富んだ一生を終わる。

近江の若鷹

亮政《すけまさ》のあとは久政《ひさまさ》が継いだ。彼は凡庸《ぼんよう》で積極性に欠けていたといわれるが、むしろ浅井《あざい》自身の実力が伴わず、六角《ろっかく》相手ではどうにもならなかった、というのが実態であろう。なにしろ六角氏はこのころ近江《おうみ》の守護《しゅご》として、あたりを圧した存在となっていた。当主定頼《さだより》は勢多（瀬田）の長橋の再興を企てて、諸国に勧進をしたり、全国にさきがけて城下の石寺に楽市《らくいち》を開設したりしている。足利《あしかが》将軍家が分裂し、見るかげもなく衰えていた当時、まさに天下一の実力者をもって任じていた。事実、将軍もたびたび彼に頼っているし、定頼の子が元服したときは、将軍義輝《よしてる》から「義」の字をあたえられて義賢《よしかた》と名乗っている。
――彼を相手に戦うのは無理、
という久政の判断は、だからある意味では正しかったといえる。彼は無益な武力対決を避け、六角の家臣を懐柔して寝返らせる、といった政略を用いたが、なかなか効果があがらなかった。ときには戦いにもつれこむこともあったが、踏みつぶされないで残るのがやっとだった。当時すでに六角氏は観音寺城《かんのんじ》を修築している。麓《ふもと》から頂上まで全山に家臣団を配し、すべて石垣をもってかこわせた。石の豊富な土地だったとはいえ、それまでは土塁が主だった城づくりはここで面期的な変化を遂げる。折から日本に伝来した鉄炮《てつぽう》による攻撃に備えたものだが、まさに石の甲冑《かっちゅう》で身を固めた巨人といった趣である。浅井にはもちろん、それだけの再武装のできる力はない。両者の差はますます開き、浅井の雌伏時代はつづくのである。
浅井の第三代、長政《ながまさ》が登場するのは、その屈辱的状態のさなかである。しだいに六角におさえこまれ、属将的な立場に立たされていた彼は、六角の当主、義賢の一字をあたえられて、はじめは賢政《かたまさ》と名乗らされていた。そのうえ、六角の臣、平井定武《ひらいさだたけ》の娘と強引に結婚させられている。

——これでは、まるで家臣扱いだ。

父と違って勝ち気な長政は、憤然として、まもなくその妻を離婚してしまった。一説には最初から夫婦の契りを結ばなかったともいうが、こうした反抗的態度を六角が許すはずがない。

——何を生意気な。

たちまち浅井の保つ佐和山《さわやま》を包囲してしまった。その後両者は血みどろな戦いが始まる。そしてこのとき、はじめて浅井は六角をはねのけて、勝利らしいものをつかむのだが、その後、六角の猛反撃をうけて、ついに佐和山城を奪われてしまう。永禄《えいろく》の初めのころのことである。

が、このころ、六角氏のなかで内紛が起きた。義賢の子の義弼《よしすけ》が有力な家臣後《ご》藤賢豊《とうかたとよ》父子と対立し、彼らを死に追いやったことから、次々と家臣が観音寺城内の邸宅を焼いて所領にもどってしまった。なかには積極的に浅井に応じるものも出る始末で、義賢・義弼父子が家臣団の攻撃をうけて、観音寺城を棄《す》てて逃げだすという一幕もあった。のちに妥協ができて、義弼はやっと城にもどってきたものの、すでに昔日の力を失っていた。

浅井側はそこにつけこんだ。長政は永禄四年（一五六一）、賢政という名前を改めて、長政と名乗った。これも六角の支配から脱却しようとする姿勢の現われであろう。彼は、義賢父子に敵意をもつ六角の家臣団と協力して、果敢な戦いを挑《いど》んでこれに大打撃をあたえ、ここに湖北の覇権《はけん》を確立する。ときに永禄九年、この前後に、彼は、当時ある人物から鷹《たか》を贈られている。

その人物とは――。のちに将軍義昭《よしあき》となる人物だ。そのすこし前まで彼は奈良の一乗院《いちじょういん》に入り覚慶《かくけい》と名乗って僧侶《そうりょ》への道を歩んでいたのだが、兄の将軍義輝《よしてる》が三好《みよし》・松永《まつなが》といった幕閣の重臣に攻められて憤死したのち、一乗院を逃れ、まず六角を頼って近江に来て将軍になる機会を狙《ねら》っていた。彼がわざわざ鷹を贈ったのは、六角と浅井の間を調停し、かつ自分を将軍に擁立してもらおうためにほかならない。当時、鷹は、武将に対する敬意と賞賛をこめた最高の贈り物で、織《お》田信長《だのぶなが》・上杉謙信《うえすぎけんしん》のような武将の間で、盛んにやりとりが行なわれている。

もっとも、この調停はうまくゆかず、覚慶（元服して義秋と改名、のちに義昭）自身も六角を離れて越前《えちぜん》（福井県）の朝倉《あさくら》を頼るようになるのだが、ともあれ、将軍候補者から鷹を贈られたということは、長政が一流の戦国武将として、天下に認められたことにほかならない。

そうなのだ。まさしく彼は近江の若鷹であった。祖父亮政の要領のよさ、父久政の慎重さ——。それらをうけついだ彼が、いよいよ近江の覇者《はしや》として、天下にはばたくときは近づきつつあったのである。

堅塁の花嫁

小谷城《おだに》が戦国の城として威容をととのえたのは、遅くともこのころだったと思われる。山裾《すそ》の清水谷のあたりからのぼるのが大手道である。山の高さは三〇〇メートルほどだが、その中腹に門の跡と思われるところがある。さらに番所跡・茶屋跡・馬洗池などを経て、かなりの広さの平坦《へいたん》部に出る。ここが本丸といわれる所である。が、後世の平城のようなものではなくて、自然の高低を利用してそこに小城砦《じょうさい》を構え、これに中《なか》の丸・京極《きょうごく》丸・小丸、さらには山王丸（おそらく山王神社をまつったところか？）などと名づけたもので、その間には空濠《からぼり》を思わせる凹部もあって、全体に、戦闘を意識した城構えといえよう。実際にのぼってみると、そのことが強く実感される。攻めのぼってくるほうには、山容全体がよくつかめないような仕掛けになっていて、ここここそ敵の本拠と思ってぶつかってゆくと、さらに上に城砦があって、そこから矢が射かけられてくるのだ。そこを攻め落としてもさらにその上に、またその上に、と重層の構えになっているから、攻め手はかなりてこずるだろう。またその間にある空濠によって、たとえ一部を占拠されても、他の場所への敵の侵入を防ぐことも可能になっている。

なかでも一番高い山王丸の周囲には石垣が残っている。小谷落城後、秀吉《ひでよし》はこの城の石垣を取りこわして長浜《ながはま》に運んで城を築いたというから、あるいは下の各城砦にも石垣はほどこされていたのかもしれない。本丸からやや下ったところには、赤尾屋敷などと呼ばれる一郭もあるから、家臣団の城砦も組み込まれていたのであろう。

なお、山裾にも家臣団の屋敷があり、清水谷より東へ寄った須賀谷《すがたに》のあたりにもそれが立ち並び、ここを搦手《からめて》として小丸に達する道があったようである。じつはこの小谷の本城の最高拠点、山王丸から六坊阯といわれる所を通って、一段高い後峯に通じる道がある。これが大嶽と呼ばれる小谷山の最高峯で、小谷城の詰《つめ》の城的な役割をしていたらしい。ここにも城砦の跡があるという。してみれば、浅井《あざい》の城の守りは完璧《かんぺき》だったといえるだろう。

若き城主長政《ながまさ》は、この堅塁を背景に、着々と近江《おうみ》経営に励んでゆく。戦国大名というと、とかく城攻めや合戦にあけくれているように思いがちだが、それはむしろ非常の際のことであって、彼らは平生は領国の経営者だ。そして非常の際の戦闘には、日ごろの経営者としての蓄積がものをいう。その点、彼はなかなかの名経営者だった。城下の伊部から郡上《ぐじょう》にかけての一帯に商工業者を住まわせ、彼らを保護するかたわら、北陸と都を行き来する商人にも、規則をつくってこれを守らせたことが、今残る文書によって確かめられる。

このころ、織田信長《おだのぶなが》も、美濃《みの》の斎藤氏を降し、楽市《らくいち》・楽座《らくざ》の制を定めて商工業の保護奨励にのりだしている。進歩的な大名は、みなそうした道をたどっているわけだが、やがて彼らふたりが結ばれる日が来た。信長の妹、お市《いち》が長政の妻として小谷城に輿入《こしい》れして来たからである。

典型的な政略結婚——と書けば、何やら利害打算むきだしの冷たい結びつきのようだが、これはあまりにも現代的な解釈である。大名の娘たちは単に人身御供《ひとみごくう》として他国へやられるのでは決してない。彼女たちは実家側の代表者として、その期待を背負って、親善使節として他国に送られてゆくのである。だから、もちろん人並みすぐれた魅力と才智《さいち》のある女性でなくてはつとまらない。そしてお市はまさに織田系の女性エリートとして浅井家に嫁ぐにうってつけの人物だった。

若き武将長政と美貌《びぼう》のお市との間はかなり仲むつまじかった。子供も次々生まれた。お茶々・おはつ・おごうの三人の女の子のほかに万福丸《まんぷくまる》という男の子がいたことはたしかだが、あるいはもうひとりいたかもしれない（別腹の子かと思われる点もあるので決定は保留しておく）。

そして若い彼らの結びつきは、織田・浅井両家にとって大きなプラスをもたらした。朝倉《あさくら》に寄食していた足利義昭《あしかがよしあき》が、信長を頼って美濃へ移ると、信長は彼を奉じて上洛《じょうらく》するが、この作戦がみごとに成功するのも、途中にいた長政の協力のおかげである。

この上洛にあたって、信長は六角《ろっかく》氏をまたたく間に蹴《け》散らしてしまっている。浅井側も、信長の協力のおかげで、長年の宿願をやっと果たしたのだ。こうして緊密な連繫《れんけい》作戦が行なえたのも、お市という女性がその中間にいたからこそであった。この時期の彼女のもつ意味はかなり大きい。

が、この幸福は長つづきしなかった。時代はめまぐるしく移り変わり、織田信長が朝倉義景《よしかげ》と対立するにいたって、浅井の動向は微妙に揺れ動きはじめた。

織田との対立

越前《えちぜん》の朝倉《あさくら》は、近江《おうみ》の京極《きょうごく》・六角《ろっかく》に劣らぬ名家である。応仁《おうにん》の乱のあたりからすでに頭角を現わしていた有力大名で、六角に見切りをつけた足利義昭《あしかがよしあき》が次いで頼ったのがこの家であったことでも、実力の程はわかるというものである。それだけに朝倉義景《よしかげ》は、義昭がわが家から織田に移って、上洛《じょうらく》を果たしたことに、快い思いを抱いていなかった。その後、信長《のぶなが》から、

「挨拶《あいさつ》に出てくるように」

といわれても、いっこうに腰をあげようとしなかったのもそのためで、ついに元《げん》亀《き》元年（一五七〇）、両者は武力対決するにいたる。

このとき、都を発《た》った信長は、坂本《さかもと》に着き和邇《わに》を通り、九里半街道を進んで敦《つる》賀《が》に出て、金ヶ崎城をかこんだ。この進路がしめすように、彼は僚友浅井《あざい》氏の所

領を通過して北進している。お市《いち》を通じての盟約は、ここでも大いに役立ったわけである。

が、じつをいうと、長政《ながまさ》は快く信長の通過を認めたわけではなかった。表面何事もないように装っているものの、このときの彼の心境は、じつに複雑だった。というのは、祖父亮政《すけまさ》以来、浅井はたびたび朝倉の協力を仰いで危機を切りぬけてきているからなのだ。

――そのよしみを思えば、黙っているわけにはゆかない、

と、父親の久政《ひさまさ》は強調した。家臣団のなかにもそれに同調するものはかなり多かった。なにしろ織田は新興勢力である。

――応仁以来の名家、朝倉家のほうが、なんといっても底力はある。

というのが彼らの判断であった。事実、このころの信長は四方に敵をうけ、勢力は必ずしも安定していない。

――織田と結ぶか、朝倉を助けるか……。

評定《ひょうじょう》を重ねた末、ついに長政は、朝倉救援の道をえらんだ。もちろん妻のお市

には極秘である。ひそかに朝倉と連繋をとり、信長の背後を衝《つ》くべく行動を起こしはじめた。

が、お市もさるものだ。すべての情報から隔離されていても、夫や舅《しゅうと》の動きをすばやく察してしまった。そしてじつは、これもまた政略結婚させられた女の任務のひとつだったのである。平和時には、婚家との親善につとめるが、いったん両者が対立したときは、あらゆる手段を使って情報を集め、実家に通報しなければならない。だから、ただ美しいだけの女ではつとまらない。鋭い感覚と、ことに当たっての臨機の才覚のできる女でなければ他国には嫁がせられない。そしてお市はみごとにこの期待にこたえた。このとき、彼女は、信長の陣中に、さあらぬていで袋入りの小豆《あずき》を届けたという。

——兄様、あなたはいま袋のなかの小豆と同じこと、朝倉と浅井に前後をかこまれております。

それと知った信長は、金ヶ崎城のかこみを解き、急遽《きゅうきょ》、琵琶《びわ》湖西岸を馳《は》せて都にもどり、急を逃れたという話が『朝倉記』に出ている。あまりおもしろすぎて真実かどうか疑わせるが、しかし、戦国大名の家に嫁がせられた女の地位を象徴的に物語っているという点で、一面の真理を含んだ話である。

結果的には長政はお市に裏切られたことになるのかもしれない。が、それ以前、織田攻めを決意した点で、彼もすでにお市を裏切っている。またお市にしてみても、みすみす愛する兄を見殺しにはできなかったに違いない。一方の長政も、このときお市を愛していなかったといいきることもむずかしい。彼らは現在のわたくしたちが体験しているような、プライベートな家庭に安住している夫婦ではない。彼らにおいては夫婦生活は半ば公的なものだからだ。たとえばそこにヨーロッパの王室どうしの結婚を重ねあわせてみれば、より納得がゆくだろう。彼らにとっては結婚は国事行為であり、いったん外交関係が悪化すれば、その間も微妙なものとなるが、この場合も公私混同は許されない。個人的感情如何《いかん》にかかわらず、彼らは国の代表者としての義務を守らねばならないのだ。

多分長政とお市の間には、愛憎の入りまじった苦悩の日がつづいたことだろう。お互いの存在が気になりながら、しかし顔をあわせれば、ますますやりきれないような……。しかも、織田と浅井の仲は、この間にますます悪化してゆくばかりだった。

姉川血戦

信長《のぶなが》は義弟長政《ながまさ》の裏切りを決して許そうとはしなかった。越前《えちぜん》から兵を退き、岐阜で態勢をととのえると、たちまち、今度は浅井《あざい》めがけて兵力を結集して襲いかかってきた。これが姉川《あねがわ》の戦いである。

信長は伊吹山麓《いぶきさんろく》に沿って軍を進め、行く手をさえぎる横山城に籠《こも》る浅井方の大野木・三田村等の兵を威嚇《いかく》しながら、一気に小谷《おだに》城下に突入して、先鋒《せんぽう》に城下一帯に放火させ、自らは小谷に相対する虎御前《とらごぜ》山に陣取って、長政に勝負を挑《いど》んだ。が、長政は、うかつにその挑戦《ちょうせん》にのるようなことはしなかった。小谷の堅塁が、信長の攻撃などでは容易に落ちないことを知りぬいていたからである。彼はじっと耐えた。それにはわけがあった。このときすでに越前の朝倉《あさくら》勢が、長政の招きに応じて本国を出発していたからである。その数八千、その到着を待って、一気に勝負を決しよう、というのが彼の作戦だったのである。

信長もやがてそれを察したらしい。いたずらに戦線がのびすぎている不利を覚《さと》ると、虎御前山を降り、横山城の一角、龍ヶ鼻にもどって、横山城を猛攻した。長政としても、横山城を失うことは手痛い損失である。ついに意を決して五千の兵を率いて、小谷山の南に横たわる大寄山まで出陣してきた。そこに朝倉の援兵も到着し、両軍はいよいよ姉川をはさんで、戦機は熟した。

このとき、信長側には三河《みかわ》（愛知県）の徳川家康《とくがわいえやす》が援軍として到着した。いわば、朝倉・浅井軍と徳川・織田軍の戦いである。当日の布陣は、浅井が東側の野村に陣して織田勢にあたり、朝倉が西方三田村にあって徳川に対するという形になった。

もちろん、長政の目ざすのは信長ひとりだった。彼はこの一戦に全生命を賭《か》けていたといってもいい。それだけに浅井軍は火を噴くようなすさまじさで、信長軍に向かって突進した。このとき、信長は、全軍を十三段に分けて鉄壁の陣を構えたという。

が、浅井勢の先鋒は、その備えをあざやかに打ち破った。一段、二段、三段――。黒い塊となって苦もなく蹴《け》散らかしてゆく。不敗を誇った信長の陣に動揺が起こったのはこのときである。

――こんなはずではなかった。

一瞬の不安と恐怖がはしったと見る間に、織田勢は崩れ立った。それにつけこむように、

「押せ！　押せ！」

浅井勢はおめき叫んで信長の旗本近くになぐりこみをかける。信長の周囲に残るのは、もう馬廻《うままわり》（親衛隊）しかいない。

――勝った！

と長政は思った。事実、この日ほど浅井勢が猛攻ぶりをみせたことはなかった。

が、そのとき——。黒い雪崩《なだれ》が、浅井勢の側面めがけて襲いかかってきた。西方で朝倉と対決し、これを撃滅した徳川家康が信長の急を知って鉾先《ほこ》を転じて駆けつけてきたのである。瞬時に戦局は逆転し、浅井勢は総崩れとなって川を渡って退却を余儀なくされる。

もしこのとき、織田と浅井だけが戦っていたら、あるいは長政は信長勢を破ったかもしれない。が、戦いとはそうした単純計算で割り切れるものではないのである。当時の浅井と織田の戦力を比較すれば、これはたしかに織田方が有利である。その不利を補うために、長政は朝倉の八千の応援軍を必要としたし、その応援軍の腑甲斐《ふがい》なさのために、かえって手痛い敗北を喫したのである。そして信長はといえば、負けかけた戦いを、徳川家康という戦上手な援軍のおかげで逆転できたわけで、このあたりが戦いというもののふしぎなところであろう。

落城賦

姉川《あねがわ》の敗戦によって長政《ながまさ》は横山城を失った。信長《のぶなが》はここに木下藤吉郎《きのしたとうきちろう》を入れ、浅井《あざい》攻略の拠点とするが、しかし、たやすく長政を降したわけではない。それから三年間、両者は血みどろな戦いをつづける。ときにはかりそめの和睦《わぼく》も行なわれた。かと思えば、信長の先鋒《せんぽう》が小谷《おだに》城下に迫って浅井勢を脅かしたこともたびたびだった。

大局からみれば、浅井勢はその間、しだいに不利な状況のなかに追いつめられていった。頼みとしていた家臣達には次々と裏切られたし、属城も攻落された。なかでも手痛かったのは、頼みにしていた磯野員昌《いそのかずまさ》が彼にそむき、守っていた佐《さ》和山《わやま》城を信長に明け渡したことであった。が、長政はひるまなかった。信長に敵対する本願《ほんがん》寺勢力と手を組み、その配下にある近江《おうみ》の真宗寺院とともに執拗に信長に抵抗した。

しかし、ついに最後の日がきた。周囲の拠点のほとんどをわがものとした信長は、天正元年《てんしょう》（一五七三）八月、まず援軍として小谷城の背後大嶽に出陣してきた朝倉《あさくら》勢を潰滅《かいめつ》させ、それを追って朝倉の本拠、越前一乗谷《えちぜんいちじょうだに》を襲い、さらに大野に進んで朝倉義景《よしかげ》の首級を挙げ、反転して虎御前《とらごぜ》山にもどると、小谷城攻撃の準備をととのえた。

孤立無援、いまや小谷城は裸城《はだか》となって、勝ち誇った敵を引きうけねばならなくなった。このとき、信長は、長政に降伏をすすめる使者を送っている。

「この数年お互いによく戦った。ここで和を結び、城を出たとしても名前に傷もつくまい」

が、長政はこれを断わった。最後まで鷹《たか》の猛々《たけだけ》しさを失わなかったこの若き武将は、

――俺《おれ》は敵ときめた以上は、徹底的に戦うのだ。

命よりも筋を通すことに賭《か》けようと、すでに思いを定めていたのであった。

「そのかわり」

と彼は信長の使者に言った。

「お市《いち》と娘たちを託《たく》したい」

かくてお市と三人の娘たちは、信長に引き取られる。このことについて、長政がお市を愛するあまり、殺すにしのびずに城を出した、といわれているのは誤りだ、とわたくしは思っている。そうした説の根底には、妻は夫に殉じて死ぬもの、あるいは妻の生殺与奪《せいさつよだつ》の権は夫に握られている、という考え方がある。が、妻が完全に夫の従属物になるのは、江戸時代になってからであって、それまでのお市の動きをみてもわかるように、戦国の当時、女性は嫁いだのちまでも、心情的には、実家に属している部分が多かった。これは、徳川家康《とくがわいえやす》の正室築山《つきやま》殿、織田《おだ》信長の娘で家康の嫡男信康《のぶやす》に嫁いだ督《とく》姫などの動きをみればわかる。彼女らはすべて実家側の利益代表者として、働いているではないか。

そして、実家と婚家が戦闘状態に入った場合、原則として女性は実家側にもどされる。これは戦国の作法であり、夫側の騎士道的精神のあらわれだったと思う。

つまり夫側は、

「さあ、お前の家の娘は返すぞ。娘がいては攻める鋒《ほこ》先も鈍るだろう。娘を返した以上、斟酌《しんしゃく》は無用だ。堂々と戦おうじゃないか」

と宣言するのだ。もし怒りにまかせて妻を殺しでもすれば、それこそ男らしくない行為なのである。つまり妻をもどすというのは、武士の礼儀であり、一方からみれば、絶交宣言だ。事実、お市のように実家にもどされた例はあるし、彼女は決して例外的に命を助けられたのではないのである。

なお、当時は一種の子分け法があった。原則として、男の子は夫に、女の子は妻につく。お市が三人の娘を引き取ったのも、この習慣に従ったものである（戦後、男の子のひとりは木下藤吉郎にとらえられて関ヶ原で梟首《きょうしゅ》される。ひとりは逃れて助かって僧侶《そうりょ》になったといわれるが定かではない）。

かくて天正元年八月末、織田勢の最後の総攻撃が始まった。このとき織田側の木下藤吉郎は浅井の家臣を抱きこみ、その手引によって搦手《からめて》から進入し、小谷城の分断に成功した。複雑な城郭構造が、かえって裏目に出たといえる。当時京《きょう》極丸《ごく》に籠《こも》っていた父の久政《ひさまさ》は秀吉の攻撃をうけて自刃した。京極丸を占拠されたことによって、本丸にいた長政は、上から攻撃をあびることになり、まったく形勢不利に陥った。

——今はこれまで、

と彼は手勢を従えて大手から出撃し、果敢な戦いを重ねたのち、すでに本丸が敵に破られたのを知って、家臣の赤尾屋敷に入って自刃した。久政四十九歳、長政二十九歳、ここに近江に覇《は》をとなえた浅井家は完全な終焉《しゅうえん》を迎えるのである。

一説には、長政が信長の申し出をいれて降伏し、城を出たところで騙《だま》し打ちされて、城にも帰れず自刃したといわれているが、これは信長を卑劣漢に仕立てようがための物語にすぎない、とわたくしは解釈している。

お市を帰した時点でふたりの仲は完全に切れている。彼は最後まで意地を通して徹底的に戦ったのだ。そうみるほうが、近江の野にそそり立つ小谷城のフィナーレを飾る男にふさわしい生きざまではあるまいか。

二条城

邦光史郎

くにみつ・しろう

1922年〜1996年。「欲望の媒体」「社外極秘」「海の挑戦」「トラブルメーカー」「十年後」など。

不運につきまとわれた「宿所」

江戸城・大坂城・名古屋城・仙台城・熊本城など、どれをとっても、みな国名・藩名といった大きな名を冠せられ、いずれもその地方の中心的存在である。日本の都市はどれも城を中心として発達した城下町の延長線上にあるため、日本全国どこへいっても、主要な都市には城があって、その都市の中心に位置している。

これを言いかえると、城こそ最高権威の象徴であって、その都市でいちばん偉い人物が居住するところということであろう。

ところが数多い城のなかで、それが都市の中心的存在、つまり最高権威の象徴でなかったところをひとつだけ数えることができる。

それが二条城である。

二条城は、京都市内（現在では伏見区も京都市内になっているので、伏見城も数えなくてはならないが、洛中《らくちゅう》という意味にとってもらいたい）唯一の城でありながら、これを京都城という人はいない。

むろん、この城が築かれたころの京都は、京であり都であって、京都とはいっていなかった。

しかし、それなら京城とよび都城といったかというと否《いな》である。

それでは京都の最高権威の象徴であり、中心的存在だったかというと、これまた否である。

京都の中心、最高の権威は御所《ごしょ》であり内裏《だいり》（天皇の住居）であって、二条城ではなかった。

二条城は、公卿《くぎょう》勢力の中心地である京都の町におかれた、徳川幕府の、いわば出張所であり宿泊所であり、御所の監視所であった。

城によって象徴される武士の力、つまり武力が庶民を上からおさえつけたかたちで構成されていた日本の都市において、京都だけが、たとえ武力の監視をうけていたとはいえ、別の権威の支配によって成り立っていた特別な都市であるといってよいだろう。

ふつうどこへ行ってもまず、その地の観光名所の筆頭にあげられるのがお城である。

松本城しかり、姫路城しかり、彦根城・松江城・金沢城、みな同じであろう。ところが、京都の名所は、清水寺であり、金閣寺であって、二条城は城郭美というより、文化的な見地から評価されている。

さらに京都市民は、この徳川幕府の砦《とりで》を、都市成立の中心に置いた訳ではない。現在、二条城は京都市の所管に属し、庭園鑑賞や文人画の展覧会場などに使われている。

それにこの城はもともと戦うためにつくられた城郭ではなかった。

ところで二条城は、じつをいうと旧二条城と現二条城とにわけなくてはならない。

旧二条城は、二条御所ともいい、永禄《えいろく》十二年（一五六九）に、第十三代将軍足利義《あしかがよし》輝《てる》の住んでいた二条の館《やかた》を改造して造営された。

施工者は織田信長《おだのぶなが》で、尾張《おわり》（愛知県）の風雲児信長が年来の夢を実現させて入洛《にゆうらく》を果たした、その京都におけるはじめてのアクションがこの普請《ふしん》であったから、二条城の造営は京都市民の前に展開された信長の一大デモンストレーションといってよかった。

信長は、第十四代将軍足利義栄《よしひで》と、これを擁する三好《みよし》の一党を京都から追い払って、京洛《きようらく》へのり込んできた。

そして、第十五代の将軍として足利義昭《よしあき》を擁立し、新将軍の御座所として二条城の造営をくわだてたのだから、これはいやがうえにも豪壮なものでなくてはならない。

ところで、それまで日本には、後世でいうところの城郭らしいものが、まだつくられていなかった。

たとえば、稲葉山《いなばやま》城だの清洲《きよす》城だのといっても、館あるいは砦のようなもので、後世でいう城郭といえるほどの規模はそなえていない。

その意味において、このとき義昭のためにつくられた二条城は、のちに信長が築いた安土《あづち》城の原型といってよく、いわゆる城郭のはじまりといえるかもしれない。その正確な位置については異説もあるが、いちおう、北は出水通《でみずどおり》、南は椹木《さわらぎ》町《ちょう》通、といわれている。

普請の総奉行《ぶぎょう》には信長みずからがあたり、大工奉行には村井貞勝《さだかつ》と島田卯之助の両名を任じ、石を運ぶ人夫を、尾張・美濃《みの》（岐阜県）・三河《みかわ》（愛知県）・伊勢《いせ》（三重県）・近江《おうみ》（滋賀県）・若狭《わかさ》（福井県）・大和《やまと》（奈良県）・山城《やましろ》（京都府）・丹波《たんば》（京都府・兵庫県）・丹後《たんご》（京都府）・摂津《せっつ》（大阪府・兵庫県）・河内《かわち》（大阪府）・和泉《いずみ》（同）・播磨《はりま》（兵庫県）の十五か国から徴集、その数四千人とも五千人ともいわれていた。

このおびただしい数の人夫が、人海《じんかい》戦術で石を運び、それを積み上げて石垣を築いていった。そして、工事着手後五日目にして早くも西側の石垣がほぼ完成した。

あまりのスピード工事のため、南の石垣が崩れて、人夫七、八人が圧死するという事故がおこったけれど、信長は意にも介さなかった。

もちろん義昭新将軍も自分の城ができるというので、胸躍らせて見物にやってきた。

派手《はで》好きで、思いきり大じかけな行動に出て、民心を圧倒しようとした政略家信長は、京都じゅうの名木・名石を二条城に運び込んだ。

とくに、細川藤賢《ふじかた》の庭園にあった有名な藤戸石《ふじといし》を移すときは、この大石をなんと高価な綾錦《あやにしき》ですっぽりと包んで、種々の花飾りを施し、大縄《なわ》をつけ、笛・太《たい》鼓《こ》・鼓《つづみ》などの楽隊ではやし立てつつ、およそ三、四千の人夫をくり出して二条城まで曳《ひ》かせたという。

そのため洛中洛外《らくがい》の市民たちは、ひと目でもいいから見たいというので、どっとくり出してきた。

それが京都市民層に対する信長の顔見世興行で、老若男女が黒山のようになった人垣の前を、馬上ゆたかにうちまたがった信長が通り、その後ろからお石様が綾錦に包まれて運ばれていった。

八代将軍義政《よしまさ》の旧邸である銀閣《ぎんかく》寺に、九山八海というこれまた名石があったが、信長はそれもおのが権力を示すために二条城へ移させた。

造園技術の粋をよりすぐってつくられた庭園に見合うよう、邸館もまた豪華きわまりない金銀づくりであったと伝えられている。

外側が城郭、内側が邸館というこの二条城は、それからしばらくの間、足利義昭の住居となったが、のちに義昭と信長が不仲となって義昭が兵を挙げると、信長は自分がつくった城を、みずから攻めなくてはならないという皮肉な運命を味わうことになった。

その結果、足利義昭は二条城を抜け出して宇治《うじ》方面へ走り、信長の一隊が城をおさめた。

こうして空家となった二条城の主となったのは正親町《おおぎまち》天皇の皇太子誠仁《ことひと》親王で、皇太子はそれを東宮御所としていた。

ところが天正《てんしょう》十年（一五八二）六月、謀反《むほん》をおこした明智光秀《あけちみつひで》が、折から上洛《じょうらく》して本能寺《ほんのうじ》を宿所としていた主君信長を襲ったため、一代の風雲児信長も四十九歳を一期として、ついに自刃して果てた。

このとき、信長の子信忠《のぶただ》は、皇太子たちを上《かみ》の御所に移して二条城に立てこもり、光秀の大軍を迎えて壮烈に戦った。

けれど、わずか千五百の兵力で一万をこえる大軍と戦っては勝ち目がない。とうとう信忠は自害して城は落ちた。このとき光秀勢が火を放ったため、さしも豪壮を誇った御殿も猛煙を上げて焼け落ちてしまった。

徳川政権の出張所として一年で築城

信長《のぶなが》についで天下人となった豊臣秀吉は、京都を自分の城郭にしようとした。そこで外敵を防ぐ城壁の代用として、お土居《どい》という土塁を洛中《らくちゅう》の周辺につくらせた。

いまも一部分その名残が残っているが、この秀吉の計画はみごとに失敗した。

日本最古の大都市京都はあまりにもでき上がりすぎた都市であって、これを土塁で囲っても、城にはならないことがわかったからである。

そのため秀吉は、伏見城をつくり、つづいて大坂城を造営した。

だがこの秀吉も病気には勝てず、恨《うら》みを残して世を去ると、いよいよ徳川家康の登場である。

家康は秀吉亡きあと巧みに状況をつくって、石田三成《みつなり》たちに兵を挙げさせ、天下分け目の関《せき》ヶ原《はら》でこれを打ち破ると、天下をほぼ掌握したけれど、まだ大坂城に、秀吉の遺児秀頼《ひでより》とその母淀《よど》殿が残っている。

関ヶ原の合戦の後始末がいちおう片づくと、家康は、京都の御所《ごしょ》と大坂城を同時ににらむ絶好の場所である旧二条城跡のほど近くに、新しい徳川政権の出張所ともいうべき二条城を再建した。

東西約五〇〇メートル、南北約四〇〇メートル、堀川通《ほりかわどおり》を正面とし、北は竹屋《たけや》町通から南は押小路《おしこうじ》通まで、西は西ノ京式部《しきぶ》町に及ぶ広大な地域を敷地として、周りを石垣で囲って堀をめぐらせ、その堀にのぞんで建てられた白亜《はくあ》の隅櫓《すみやぐら》が、木々の緑のなかに浮かびあがって美しい。

城は本丸と二の丸に二分されているが、家康当時のものは二の丸だけで、敷地の東寄りにつくられた二の丸のほうが広く地取りされていた。

慶長《けいちょう》七年（一六〇二）七月、板倉勝重《かつしげ》を造営奉行として工事にとりかかり、翌年の三月に早くも竣工《しゅんこう》した。

はじめは現在の二の丸御殿を中心とする正方形の御殿で、堀の水も浅く、石垣も低かった。

そこでこれを二条新御所とか二条新屋敷とよんでいたもので、もっぱら家康の宿所として使われた。

家康は慶長八年に征夷《せいい》大将軍に任ぜられ、竣工まぎわの二条城へ入って、拝賀をうけた。

この家康が齢《よわい》七十に達すると、太閤《たいこう》の遺子秀頼のほうは十九歳に成人した。しかも淀殿は、いまだに気位が高くて、徳川家康・秀忠《ひでただ》父子にけっして従おうとしなかった。

そこで家康は、一日も早くこの目の上の瘤《こぶ》を取り除いてしまいたいというので一策を案じた。

それは後水尾《ごみずのお》天皇の即位式に上洛《じょうらく》するので、家康の宿所である二条城まで対面にきてほしいという申し入れを秀頼に行なったことで、もし来ればよし、来なければいよいよ叛逆《はんぎゃく》の心ありというので豊臣氏討伐の名目にしようというのであった。

淀殿は、この通告をうけて烈火のごとくに怒った。会いたければ自分のほうから来ればよい、もともと主人はこちらなのだというのが淀殿の主張だった。

しかし、それでは物わかれとなり合戦となるというので、加藤清正《きよまさ》・浅野幸長《よしなが》などが説得して、かならず自分たちが秀頼の安全を保証するからといって、ようやく上洛の運びとなった。

御所柿はひとり熟して落ちにけり
木の下にいて　拾う秀頼

そんな落首《らくしゅ》が京の町角に書きつけられていた。

家康は、自分がこのままもし死んでしまったなら、たしかに秀頼の天下がくるかもしれないと思った。

なにぶん家康のほうは、いつ何時《なんどき》あの世からお迎えがくるかわからないような老人であり、いっぽう秀頼のほうはやっとまだ十九歳、花ならようやくほころびはじめたばかりという若さである。

そのうえ秀頼は、小男の秀吉とはまったく似ても似つかない六尺ゆたかな大男であったという。この秀頼と二条城で対面した家康は、庭先まで出迎えにいって大いに歓待これつとめていた。

客殿で相対した家康と秀頼は、家康の孫娘にあたる千姫《せんひめ》が秀頼の内室になっているので、いわば義理の祖父と孫という関係にあたっている。

そこは狸親爺《たぬきおやじ》と異名をとる千軍万馬の古強者《つわもの》のことなので、家康は、終始にこにこしてむかし話に花を咲かせ、酒肴《しゅこう》を供してなごやかなうちに対面を終えた。

この間清正は、もし万一のことがあったら家康と刺しちがえるつもりで、懐中に小刀を隠していたと伝えられている。

それは浅野幸長も同様で、たえず彼は四方に目を配っていた。

やがて無事に秀頼が二条城を出て、行列とともに去っていくと、家康は、側近に向かって、

「なかなか頼もしい若者に御成人で、安堵《あんど》いたしたぞ」

とうれしそうに話していたというが、その内心はまったく逆で、〝これは一日も早く若芽のうちに摘みとっておかないとたいへんなことになるぞ〟と大坂攻略の肚《はら》をかためたといわれている。

もともと家康は、秀頼のような青二才などすこしもこわくはなかったけれど、秀頼の周囲には、忠誠一途《いちず》の加藤清正をはじめ浅野幸長や福島正則《まさのり》など、豊臣恩顧の武将たちがたくさん控えている。

こういう太閤子飼いの武将が生きているうちは、迂闊《うかつ》に手出しができにくい。

しかし天は家康に倖《さいわ》いした。二条城の対面が事なく終わったため、清正は領国

である熊本へ帰っていったが、その船中にわかに発病、熊本城へ帰り着いたときは、もはや言語も自由にならないありさまだった。

こうして清正が急死し、さては家康に毒を盛られたのではないかという風聞がひろまった。

ところが清正ばかりか太閤に恩義のある有力武将が、この前後に相次いで死亡している。

まず、慶長十六年四月に浅野長政《ながまさ》が六十五歳で死亡、つづいて同年六月に堀尾《ほりお》吉晴《よしはる》が六十九歳で、そして同月二十四日に加藤清正が五十三歳で死去した。

この死亡ラッシュはまだつづいて、それから二年後の十八年一月に池田輝政《てるまさ》が五十歳で、同年八月に浅野幸長が三十八歳で、十九年五月に前田利長《としなが》が五十三歳で、それぞれ死を迎えている。

このように豊臣方の有力武将がバタバタと黄泉《こうせん》の客となったため、労せずして家康は勝機をつかむことができた。

その間、家康は、近畿《きんき》の各神社・仏閣の修築を秀頼にすすめて、おびただしい金を使わせておいた。

それは太閤の残した莫大《ばくだい》な金銀が物をいうのを恐れたからで、大坂方の軍資金をこうして消耗させることに成功した。

織田が搗《つ》き羽柴《はしば》がこねし天下餅《もち》
ただ楽々と食うは徳川

そんな狂歌があるけれど、まったく家康は「鳴くまで待とうほととぎす」で、絶対不敗の態勢をかためておいてから合戦をしかけるという慎重ぶりだった。

こういう深慮遠謀《しんりよえんぼう》にかかっては、重臣のいなくなった豊臣方などまったく赤児のようなものであった。

しかも豊臣方は、残っていた唯一の謀臣ともいうべき片桐且元《かたぎりかつもと》を、家康に内通していたと疑って、大坂城から追放してしまった。

これで豊臣方は、家康と連絡できる直通電話の回線をみずから切ってしまったようなもので、家康にしてみれば、ますます大坂攻めのよい口実ができたことになる。

慶長十九年、家康は二十万と号する大軍を擁して大坂へ差し向けた。

いっぽう、秀頼も、兵を集めようとしたけれど、すでに有力武将がいなくなってしまっていたため、やむなく浪人どもを金で雇い入れた。

それでも、真田幸村《さなだゆきむら》・後藤又兵衛《またべえ》などといった英雄豪傑が傘下《さんか》にきてくれた。

十月二十三日、すでに七十三歳となった家康は、東海道をゆっくり旅して京に入り、いつも宿所としている二条城に入った。

そして秀忠の到着を待って、十一月十五日に二条城を出て奈良から大坂の住吉《すみよし》方面へと向かった。

こうして大坂冬の陣の戦がはじまったが、さすがに天下の名城、いくら攻めつけても大坂城の守りはかたかった。

そのためいったん休戦して、その間に家康は、大坂城の外堀《そとぼり》ばかりか内堀まで埋めてしまった。

こういう点が家康の抜け目のない点で、いっぽう大坂方のぼんやりしたところで、さしもの名城も堀を埋められ外側の防衛陣を崩されては、裸城《はだかじろ》と変わりはない。

そうしておいて、またもや戦いをしかけたから、これはもう戦うまえから家康の勝利は約束されたようなものである。

しかも大坂方には主将がないも同然で、いちども戦ったことのない秀頼や、大野治長《はるなが》に指揮のとれようはずがなかった。

家康は、ふたたび上洛の途につくと、こんどは手間暇《てまひま》もかかるまい、兵糧《ひょうろう》も、ほんの二、三日分でいいと豪語して、自信たっぷりに攻撃にとりかかった。

五月七日、ついに大坂城は落ち、淀殿・秀頼の母子は自刃して果てた。

この間わずか三日というスピードで、家康の予言どおりまったくの短期戦に終わってしまった。

こうして家康は思いどおり豊臣一族を滅ぼして、徳川政権の安泰をはかり、二条城に幕府の役人を常駐させて、徳川三百年の基礎づくりを行なった。

大坂冬・夏の陣のときに、家康の宿所となり軍議の場となった二条城が、その後歴史の表舞台に名前を現わすのは、二代将軍秀忠の息女和子《かずこ》が、後水尾天皇のもとへ入内《じゅだい》（妻となること）することになって、その輿《こし》入れの基地にえらばれたときである。この入内は揉《も》めに揉めた結果、やっと実現した。

幕府の権威と力を誇示するため、二条城から内裏《だいり》へ運び込まれた輿入れの道具は、箪笥《たんす》・長持をはじめとする調度の品々や衣裳《いしょう》類がざっと三百七十八荷もあったという。そしてその費用はなんと七十万石の米価に匹敵したという。

その後、三代将軍家光《いえみつ》が三十万人の大軍を率いて、寛永《かんえい》十一年（一六三四）七月、はるばる上洛を行なった。

これは草創期を過ぎて幕藩体制がととのったことを、朝廷はじめ諸大名に誇示するためで、このとき、家光は、二条城に上皇・天皇の行幸《ぎょうこう》を仰いで盛大な宴を張った。

なおそのために二条城の外堀を延長して、いま見るごとくに改造したばかりか、内堀や本丸をも増築して、城郭らしい体裁をととのえた。

さらに伏見城の遺構を移して行幸御殿を造営したけれど、たった一日の行事に使われただけで、二条城は、それ以来二百数十年の間、将軍はおろか老中ひとり迎えることなく、幕末の動乱期までずっと眠りつづけることになった。

そしてそのながい休眠中に、雷火によって天守閣が焼けたり、天明《てんめい》八年（一七八八）正月の大火の際は、飛び火して本丸の御殿や櫓が焼けたりと、さんざんな目にあっている。

しかし、もはや幕府はこの城に費用を注ぎ込もうとはしなかった。見捨てられた城、無用の長物となった二条城は、徳川幕府に対する公卿《くぎょう》や京都市民たちの憎しみの的《まと》となって、その姿を堀川《ほりかわ》のかたわらにながくとどめていたのである。

明治新政府がいの一番に接収

三代将軍家光《いえみつ》が上洛《じょうらく》の宿所として以来、二百数十年間、まったく埃《ほこり》をかぶっていた二条城が、ふたたび時代の脚光を浴びて歴史の上に浮かびあがってくるのは、第十四代の将軍家茂《いえもち》を迎えることになったためである。

皇女和宮《かずのみや》の婿《むこ》となった家茂は、南紀徳川家から江戸宗家へ入った人物で、まだこのときわずかに十八歳の弱冠だった。

すでに時代は変転して、いまや徳川幕府は三百年近くつづいた栄光の歴史を閉じようとしていた。

しかも外からはアメリカ・イギリス・フランスなどが、あわよくば日本を植民地化せんとして虎視眈々《こしたんたん》として隙《すき》をねらい、内には将軍継嗣《けいし》問題をめぐって、井《い》伊直弼《なおすけ》をはじめとする南紀派と水戸斉昭《なりあき》や島津斉彬《なりあきら》などを中心とする水戸派との間に、はげしい対立抗争がおこり、それがやがて佐幕派と尊王攘夷《じょうい》派という政治勢力の対立となって、あわや内乱一歩手前という危機に直面していた。

この難局にあたって青年将軍家茂は、新しく政治の主舞台となった観のある京都へ、老中以下三千名を率いて上洛してきた。

それは文久《ぶんきゅう》三年（一八六三）三月四日のことで、絶えて久しく使ったことのない二条城を宿所とした。このとき、尊王攘夷（天皇を主と仰いで、天皇のきらう外国勢力を日本から追い払うこと）派と、公武合体《こうぶがったい》（公家《くげ》と武家とがひとつになって難局に対処しようというもの）派の対立がいよいよはげしくなったが、尊攘《そんじょう》派が優位に立ったため、攘夷を祈願するため賀茂《かも》神社へ天皇・将軍がうちそろって参拝することになった。

このとき、家茂は、天皇のあとからそのお供として参列し、ここに君臣の別のあることを一般大衆の眼にはっきり印象づけた。

それはつまり、公家と武家、御所と二条城の差ということである。

こうして違いのあることを世間にわからせたことによって、いよいよ尊攘派は勢いづき、だんだんその活動が非合法なこそこそしたものから公然たる政治行動へとかわってきた。

二条城は、この激変をなんとかして鎮静させようとする若き将軍家茂のこよなき休息の場となっていた。

三月に入洛《にゅうらく》して六月に大坂へ赴き、そこから汽船で江戸へ帰っていったから、家茂は約三か月間二条城で起居していたことになり、滞留期間のもっとももながい将軍となった。

さて、家茂が江戸へ帰っているうちに、公武合体派の巻き返しが成功して、急進派の中心勢力だった長州藩が京都から締め出されてしまった。

そこで家茂はふたたび文久三年十二月に江戸を発《た》って、海路大坂へ向かい、翌年一月十五日に入京して二条城へ入り、こんどは民政を将軍に任せるなどという、幕府に有利な天皇のことばをもらって、五月ごろ勇躍江戸へ引き揚げていった。

ところが京都から締め出された長州藩が、京都をにぎっている会津《あいづ》と薩摩《さつま》を討つべく上洛してきて、世にいう禁門の変がおこった。

その罰として幕府は、第一次長州征伐を実行することになって、各藩を集めた連合軍が組織され、その参謀にえらばれたのが西郷隆盛《たかもり》であった。

西郷は、じっさいに長州と戦うより、禁門の変の責任者たちを切腹させることによって、この無用の戦争にピリオドを打とうとした。

しかしそれで問題が解決したかというと、そうとはいえなかった。このとき長州藩内に政変がおこって、俗論党（幕府の言いなりになる佐幕派）の要人が退けられて、桂《かつら》小五郎・高杉晋作《しんさく》たち革新派が藩の主導権をにぎった。

慶応《けいおう》元年（一八六五）四月、幕府はふたたび征長軍をくり出すことになったが、こんどはどの藩も多額の費用を要する戦争ごっこはもうまっぴらだというので、兵を出したがらない。

そこで親戚《しんせき》にあたる尾張《おわり》徳川家や親藩の彦根井伊家に出陣を命じ、将軍みずから最高指揮官として出動することになった。

それは大坂夏の陣以来、絶えて久しくなかった盛儀で、錦《にしき》の陣羽織《じんばおり》に陣笠《じんがさ》をつけた将軍が、家康時代の金扇の馬印をきらめかして東海道をのぼっていった。

そしていつものように二条城へ入って一服すると、参内《さんだい》（朝廷へ行くこと）して天皇に拝謁のうえ、長州の非を訴え、やがて戦備がととのうと、二条城から本営と定めた大坂城へと本拠を移して、いよいよ長州攻めにとりかかった。

ところが、それがこの青年将軍の生命《いのち》とりとなって、幕府軍は、いざ長州軍と対戦すると、脆《もろ》くも敗退してしまった。

なにしろ長州側は、長崎のグラバーなどといった死の商人から仕入れた最新式の銃を手にしていたばかりか、洋式の戦法をとり入れているのに、幕府軍はむかしながらの鎧《よろい》・兜《かぶと》に、槍《やり》をしごいて突撃していくのだから、これでは話にならず、たちまち一斉《いっせい》射撃にあってバタバタ倒れていった。

こうして進むに進めず、退いては威信まるつぶれという困った状況に遭遇した。

しかも大坂近辺は米騒動が相次いで、一揆《いっき》や暴動がおこっている。

この内外の難局をひとりでさばかなくてはならない家茂は、心労が高じたためだろう、脚気衝心《かっけしょうしん》をおこして、あっけなく黄泉《こうせん》の客となってしまった。

そして一橋《ひとつばし》家へ養子にいっていた水戸斉昭の子慶喜《よしのぶ》が、第十五代の将軍となることに決まった。

大木をば倒してかけし一橋　渡るもこわき　徳川の末

いったい、どんな人がつくったのか知らないが、この狂歌は言いえて妙である。フランス式の軍服を好んだ慶喜は、聡明《そうめい》の誉れ高かった人物で、時代を見通す眼をもっていた。

慶応二年、孝明《こうめい》天皇が薨《こう》じて、いよいよ政局は混迷の極に達した。

このとき、薩摩と長州を結ぶべく活動していた土佐《とさ》（高知県）の坂本竜馬《りょうま》が、天下の政権を朝廷に奉還して、朝廷中心の中央政府をつくり、上下二院の議員による政治体制をとるのがこれからの日本にはふさわしいだろう、という献策を土佐藩主に行なった。

そこで土佐の山内容堂《やまのうちようどう》が、これを幕府にすすめ、いっぽう慶喜たちもやはり大政の奉還を考えていたので、意見がすぐまとまって、慶喜も腹をくくり、二条城に幕閣の要人を集めて、大政奉還を公表することになった。

徳川幕府がひらかれたことによって、徳川家康が京都の砦《とりで》としてつくった二条城が、こんどは政権返上の、つまり幕府を閉じるための主舞台となったのである。京都にありながら、京都市民にはすこしも愛されたことがなく、獅子身中《しししんちゅう》の虫とも思われていた二条城が、こうして徳川政権と運命をともにすることになった。

二条城の大広間に集まった幕臣や各藩の重役に向かって、大政奉還を命じている慶喜の姿を描いた絵が残っていて、それをみると慶喜は普段着のような気軽な姿で一同に語っている。

しかし、この歴史的大発表が京都で抜き打ち的に行なわれたため、江戸の幕臣たちはおおいに憤激した。

「けしからん、三河《みかわ》以来の歴史をなんと心得ておいでなさるのか」

「これでは神君家康公に申し訳がござらん」

湧《わ》きに湧いた幕臣の怒りが、やがて鳥羽・伏見の戦いとなり、彰義隊《しょうぎたい》の上野《うえの》の戦い、箱館《はこだて》戦争となるのだが、時代の流れはいかんともしようがなかった。

こうして大政奉還から戊辰《ぼしん》の戦役を経て、明治新政府が誕生した。

明治元年（一八六八）、新政府は、つい目と鼻の先にある二条城をいの一番に接収してしまった。

これだけの建物を遊ばせておくのはもったいないというので、太政官代《だじようかんだい》を置いたが、やがて京都府の所管に移された。

京都府は、二の丸御殿を利用して、そこに府庁を置いた。

ところが府庁舎が別のところにできたため、こんどは陸軍省に譲られた。

その後、宮内《くない》省に移されて、その名も二条離宮とよばれることになり、桂宮《かつら》御殿をもここに移して、大修復が行なわれている。

この宮内省時代がしばらくつづき、昭和十四年に離宮が廃止されると、こんどは京都市に下げ渡された。

そこで京都市は、ふたたびもとの名称である二条城にもどして今日にいたっている。

武士勢力の象徴ともいうべき城が、公家勢力の本場である京都に置かれたため、二条城は、つねに肩身のせまい思いを味わわされてきた。

それはともかく、現在の二条城はどうかというと、小ぢんまりとした平城で、桃山時代の建築になる重文の唐門《からもん》をまずはじめにくぐって、二の丸御殿へやってくると、この入母屋《いりもや》づくりの殿舎は国宝に指定されているほどで、なかなか結構なつくりである。

玄関のつぎにある遠侍《とおざむらい》は、城内警備の武士の詰所と大名の家臣たちの控えの間《ま》にあてられていたところで、その先にあるのが老中と大名の対面に使われた式台の間や老中の間で、ここはつくりこそ質素であるが、狩野《かのう》派の壁画や有名な「八方にらみの獅子」の絵などがあって見どころが多い。

さて遠侍のつぎにあるのが大広間で、ここは将軍の対面所になっていた。

一ノ間・二ノ間・三ノ間・四ノ間といずれも豪華で、狩野探幽《たんゆう》の描いた壁画もある。

さらに、黒書院・白書院と将軍上洛の際の内輪の対面所や居間が残されている。

その他、二の丸の庭園、本丸の御殿と、ひとつずつ見物して回ると、その広さがわかるというものである。

ところで、この二条城前の広場を、昭和二十年に進駐してきた米軍が、軽飛行機の発着場に使っていたことを知る人は少なかろう。

そのころ、日本人は近づくこともできず、堀川《ほりかわ》沿いに走っていた日本最初のチンチン電車のなかからながめると、大手前広場に米軍機とジープが並んでいるのがよく見えた。

それにしても、この二条城が京都市民の前にクローズアップされるのは、消防の出初め式とメーデーのときであって、どちらも大手前の広場を会場としている。城にもまた、人間の運命に似た幸運・不運がつきまとっているようである。

和歌山城

神坂次郎

こうさか・じろう

1927年～。「黒潮の岸辺」で日本文芸大賞受賞。ほかに「縛られた巨人 南方熊楠の生涯」など。

天守閣の鈴

南海の竜とよばれた徳川頼宣《よりのぶ》の居城、和歌山城は、紀ノ川の河口近く、虎伏山《とらふすやま》の丘陵にある。

この城の天守閣は、一種、異風である。形式は姫路城や伊予松山城などにみられる連立天守閣だが、三層三重の大天守閣と二層の小天守閣が、まるで親子が肩でも並べるようにぴったりと寄り添っている。『南紀徳川史』によると、

——城郭の中、かく相並んで存するもの唯《ただ》和歌山城あるのみ、だという。

現在の天守は、第二次世界大戦で焼失したのを市民たちが寄付金を募り、それを基金にして復元されたもので、天守の内部には徳川累代《るいだい》の藩主や家臣たちの武

具・甲冑《かっちゅう》・古文書などさまざまな資料が展示されている。

この展示ケースの中に一個の鈴がある。

変哲《へんてつ》もない、くろずんだ銀の鈴で、大きさは二センチばかり、鈴についた紐《ひも》も渋茶けて手ずれにケバだっている。南竜公遺愛の鈴という説明書きがなかったら、おそらく見過ごしてしまいそうな鈴であった。が、よく見るとその鈴の肌《はだ》に模様のようなものが見える。

（ん？）

そう思ってガラスに鼻をすりつけるようにして覗《のぞ》き込んでみたが、ガラスごしというのはどうにも具合がわるい。そんなところへ吉備《きび》老人がやってきて、

「お調べですか」

という。

小柄で温厚な郷土史家の吉備老人は、和歌山城が好きで好きで、城が再建されるのを見るとじっとしていられず、ついには家業の仕立《したて》職を投げ出して城の警備係になったひとである。

「ここになにか彫ってあるようなんですが？」

「ああ、それは毛彫りで玉追竜を……それと竜の尾の下に虎という文字が見えます」

「虎……ですか？」

火焔《かえん》のような宝珠を追っていく竜と、虎の文字はなにを表わしているのであろう。

「さぁ」

それは吉備老人にもよくわからないようであった。

「いちど、ご覧になりますか」

そういうと吉備老人は詰所のほうに引き返し、展示ケースの鍵《かぎ》を持ってきた。

鈴は、吉備老人の皺《しわ》ばんだ指先で、ちりちりと澄んだ音をたてた。

「……三百年まえの鈴の音です」

狼の目

兵庫《ひょうご》は、ゆったりした足どりで鶴《つる》の渓《たに》の石段をおりた。

鶴の渓は、樹叢《こむら》が鬱然《うつぜん》と頭上をおおった石畳の谷間で、小砂利を敷きつめた道が切手御門の方にのびている。

城内も、このあたりは樹々のみどりが濃い。その青葉のにおいをふくんだ風が吹き抜ける道を、兵庫は歩いていった。

牧野兵庫頭長虎《かみながとら》、年のころは二十五、六。上背があり、髯《ひげ》の剃《そ》りあとが青々として、朝々、馬丁を従えて馬場に通う姿のあまりの秀麗さに、城下の娘などは、思わず目を伏せたくらいであったという。

が、その気性のはげしさは別人の感があり、十一歳のころ、寺小姓をつとめていた越前《えちぜん》（福井県）藤島の長命寺で人を斬《き》り、紀州（和歌山県）熊野新宮《くまのしんぐう》の社家に身を寄せた。おりから放鷹《ほうよう》にきた徳川頼宣《よりのぶ》が、路傍に土下座していた彼の眉目《びもく》の清秀さを目にとめ、召し出して児小姓にした。このとき兵庫、十五歳である。

以来、兵庫は寸暇を惜しんで学問・武芸を学び、天性の資質をしめした。そんな兵庫が、剛毅《ごうき》果断の頼宣の意にかなわないはずはない。兵庫は、いくたびか異例の抜擢《ばってき》をうけ、ついには食禄《ろく》六千石、家老職にまで登用された。兵庫のこの異常な栄達は、たんなる寵愛《ちょうあい》とばかりみることはできない。頼宣は暗君ではない。むしろ賢君といっていい。引き立てるには引き立てるだけの功績があったのであろう。

鶴の渓の道を左に折れた兵庫は、築地塀《ついじべい》のつづく茅門《かや》をくぐった。茅門のなかは庭園になっており、林泉がふかい。渓にかかるふたつの橋があり枯山水があり、茶亭があり、濠《ほり》の水をひきまわして池の中に立つ池亭があり、藩主の休息のための御数奇屋《すきや》がある。

茅門から姿を見せた兵庫に、警固の番士たちはあわてて低頭した。兵庫は軽くうなずいて茶亭の方に行った。

「で、正雪《しょうせつ》めの手筈《てはず》はどうだの？」

茶を点《た》てながら頼宣は、待ちかねたように声を出した。

「万々、遺漏《いろう》はございませぬ」

幕府転覆の謀計は、すでに成っている。あとはただときを待つだけであった。

由井《ゆい》（比）正雪の計画というのは――

まず、丸橋忠弥《ちゅうや》ら千五百の同志たちが、風のはげしい夜をねらって江戸市中の各所に火を放つ。その混乱に乗じて江戸城二の丸・北の丸の煙硝蔵《えんしょうぐら》に勤仕する正雪門人が煙硝蔵を爆破し、江戸城を火の海にする。それと同時に、三つ葉葵《あおい》の紋じるしをつけた提灯《ちょうちん》をかざした正雪の一隊は、紀州頼宣火急の登城といつわり江戸城に侵入し、急を知って登城してくる幕閣の要人・諸大名を殺して将軍を奪い、江戸城を占拠しようというくわだてである。

計画はこればかりではない。

江戸反乱軍の蜂起《ほうき》と時をあわせて他の一隊は駿河《するが》（静岡県）久能山《くのう》に乱入、東照宮の宝蔵から黄金二百万両を奪取し駿府《すんぷ》城の攻撃に向かう。また、京・大坂の同志もこれと同時に火の手をあげ、幕府の苛酷《かこく》な大名取りつぶしによって諸国に充満する二十余万の牢人《ろうにん》たちに呼号して、天下を騒乱と恐怖のどん底にたたき込もうというのである。

この反乱に、将軍家光《いえみつ》の叔父で南海の竜、南竜公とよばれた英傑、紀州頼宣が起《た》ちあがり、無道な徳川宗家《そうけ》を弾劾《だんがい》し、天下万民のためにとってかわるという大義名分の旗じるしをひるがえせば、どうなるか。

日ごろから幕府への鬱憤《うっぷん》をおさえかねている徳川一門や諸大名たちは、正雪一党の襲撃に壊滅した幕府を捨て、南竜公の旗のもとに欣然《きんぜん》と馳《は》せ参じることは明白であろう……と、正雪は説く。

幕府への鬱懐《うっかい》やみがたいのは頼宣にしても同じである。

江戸幕府はすでに三代将軍家光の世になっていたが、社会的にはまだ草創時代の不安定さが濃く残っていた。だから幕府は、あらゆる方法で徳川宗家の権威確立をはかるため、諸大名の取りつぶしを強行した。この強行政策のまえには、御三家でさえ安穏ではなかった。

頼宣の言行を記録した『大君言行録』の中で、

――国主というものは、

と、頼宣は溜め息する。

――たとえ一門兄弟の家でも、むざと料理を食い湯茶を飲んではならぬ。兄弟のなかでも毒を飼うことがある。兄弟といっても、おおかたは異腹である。兄弟に害意はなくとも、母の考えで毒殺をくわだてることがあるからだ。用心第一なり。

そういう時代であった。家康の第十子で、その豪邁《ごうまい》な気性のゆえ父から愛され、駿遠五十万石をあたえられた頼宣も、家康の死とともに兄の二代将軍秀忠《ひでただ》から、はるか南海の辺境、紀州和歌山に移されたのだ。秀忠は、剛毅闊達《かったつ》な頼宣が東海道の要衝の地にあるのを危険視したからである。

こんな例は、いくつかある。

兄の秀康《ひでやす》を出し抜いて宗家を継いだ秀忠は、その兄の子の、かつて家康が大坂の陣で武功第一、古今無双と激賞した越前宰相《えちぜんさいしょう》、松平忠直《まつだいらただなお》から越前六十七万石を召し上げ、その生涯を豊後《ぶんご》（大分県）の地に埋もれさせている。忠直の罪状は「乱行」のゆえにである。また、家康の第六子松平忠輝《ただてる》からは「謀反《むほん》」の疑いありとして、越後《えちご》（新潟県）高田六十万石を奪取し、信濃《しなの》（長野県）の地に幽閉している。そしてまた三代将軍家光は、将軍の椅子《いす》を争った弟の駿河大納言《するがだいなごん》徳川忠長《ただなが》を「狂気、乱心」をもって所領没収、抹殺《まっさつ》に成功している。

幕府が申し渡す「廃絶」に理由はいらない。身に覚えがあろうがなかろうが、「故ありて」のことばさえあればよかった。所詮《しょせん》、狼は羊がいかに弁明しようと、ついには食ってしまうものだ。

頼宣は自分の背後に、幕府の〝狼〟の視線を強く感じている。いずれ幕府は、なんらかの口実をもうけて紀州徳川家を取りつぶす魂胆《こんたん》であろう。思いあたるフシがないではない。こういうことがあった。兄の尾張《おわり》大納言義直《よしなお》が、江戸で病んで危篤になったとき、知らせをうけた頼宣は、義直見舞いのための江戸下向を幕府にとどけ、いそぎ出立した。頼宣一行が遠州見附《みつけ》にさしかかったおり、老中からの書状がもたらされ、義直の病状が快方に向かったゆえ、

――ひとまず紀州へ御帰国あれ。

これは将軍家光の上意である、という。

ところが奇怪なことに、もう一通、将軍の出頭人である中根壱岐守《いきのかみ》からの書状がとどけられ、

――そのまま江戸に御下向あるべし。

これは将軍家光の内意である、という。

この二通のまったく正反対の書状は、いったいなんなのであろうか。明らかに幕府のワナである。このときは判断を誤らず事なきを得たが、一歩踏み違えば、「紀伊殿、越度《おちど》」の口実のもとに処断されたことはまちがいない。こんなことが再三あった。

――ならば、いっそ、わしが狼に化《な》ってくれるわ。

狼を驚走させるには、狼の巨魁《きょかい》になるしかない。

露地庭のあたりに小鳥がきているらしい。ときおり、かすかな羽音と、ち、ち、

という鳴き声がする。

「……で、正雪めらは」

兵庫は声をついだ。

「殿が参勤にて江戸下向あそばされるを待ち、いよいよ」

「起《た》つか」

頼宣はにやりとした。

「これで、そちも忙しゅうなるの」

「大事の殿が無類の戦《いくさ》好みでござりますゆえ、家来めも、せめて後駆《しんがり》いくさなりと、勤めねばなりますまい」

そういうと兵庫は、かたちのよい唇《くちびる》から真っ白な歯をこぼした。

「やぁ、こやつの申しようかな」

頼宣は声をあげて笑った。

しかし、と兵庫はいう。

「殿は正雪めらの反乱を高処《たかみ》からながめ、事が成ればそれに乗じて天下をおつかみなされ……が、兵庫めはそうもなりませぬ。万一、策が破れたとき、殿が幕府にうそぶけるだけの布石を、いまから退《の》き口の各所に打っておかねばなりますまい」

「そうだの」

「されば兵庫め、おそれながらお家を退転し構われ者になり申す」

構われ者というのは、大名家を見かぎって出奔《しゅっぽん》した家臣に加えられる一種の制裁「奉公構い」で、この烙印《らくいん》を押されたものは、他の大名家も召しかかえることを遠慮し、生涯、仕官の途は閉ざされ、牢人するしかない。

「その辛抱も暫時《ざんじ》であろう……心して働いてくれよ」

「かしこまってござる」

兵庫は、ふかぶかと低頭した。

兵庫頭の退転

兵庫《ひょうご》が「紀州家を見かぎって出奔《しゅっぽん》」するのは、数日後のことだ。

兵庫は周到であった。そのまえに、ふたつの騒動に首をつっ込んでいる。

――中川数右衛門の砲術の門人に、平塚三郎兵衛という男がいた。この平塚が、砲術の才を見込まれて和州（奈良県）高取《たかとり》藩に二百石で召しかかえられた。ここまではいい。ところがこの平塚というのは不敵な男で、師の数右衛門の許しも得ずにわが一派を立ててしまったのである。そのうわさを聞いて激昂《げきこう》したのは中川である。さっそく、門弟の浪人某をよんで、平塚にあたえた砲術皆伝の免許を取りもどしにいかせた。そこでどういう口論があったのか、浪人が平塚父子に斬《き》り殺されてしまったのである。藩の重役たちはとまどった。なにしろ、高取藩士との間の紛争である。軽はずみな処理はできない。考えあぐねた重役たちは、頼宣《よりのぶ》の意見を求めようとした。が、そんな重役たちの思案を鼻で嗤《わら》ったのは兵庫である。

「なにを生ぬるいことを……高取藩ごとき、手前がまいって踏みつぶしてくれるわ」

兵庫は強引であった。重役たちを尻目《しりめ》に独断で高取藩に談判し、とうとう平塚を切腹させてしまった。

しかし、こんな人もなげな振舞いをされては、重役たちの面目が丸つぶれである。

「おのれ兵庫め、われらを白痴《こけ》にする所存か」

——また、あるとき。お供番の堀部佐左衛門と村上郷八の間で、いましも斬り合いそうな争いがおこった。時の月番は藩老の三浦長門守《ながとのかみ》と加納五郎左衛門である。両人をよんで吟味《ぎんみ》したところ、堀部の申し立てに偽りがあることがわかった。その堀部が、どうしたことか処分されない。

藩老の三浦と加納が、大廊下の向こうからくる兵庫に出くわしたのは、吟味から半月ほどあとである。兵庫は、そのふたりとすれちがいざま、じろっと見て、

「ええい、武辺の風上にもおけぬ恥知らずの堀部めを、見せしめに磔《はりつけ》にかけてくれようという家老《おとな》はおらぬかい」

と、聞こえよがしに言う。

兵庫のことばに目を吊《つ》りあげて怒ったのは加納である。

「おのれ、われらの詮議《せんぎ》にいらざる差出口をする家老めこそ、真っ先に磔にかけてくれるわ」

加納は、兵庫をにらみつけた。と兵庫のほうも、

「やぁ、推参なり五郎左衛門！」

と脇差《わきざし》に手をかけ、顔を蒼凄《あおず》ませた。

さいわい、これは三浦長門守や部屋に詰めていた藩士たちの制止によって刃傷沙汰《ざた》にならずにすんだ。が、兵庫の紀州退転はこの加納との争論が原因だと『南紀徳川史』はいう。

けれど、そうではあるまい。兵庫にしてみれば、紀州を出奔するにはするだけの、周囲を納得させる理由が必要であった。もともとが擬態、喧嘩《けんか》の相手などだ

れでもよかったのである。

反臣流罪

慶安《けいあん》四年（一六五一）四月。

正雪《しょうせつ》の計画に齟齬《そご》がおきている。

三代将軍家光《いえみつ》の容態が悪化し、にわかに世を去ったのだ。後嗣の家継《いえつぐ》、わずか十一歳である。

江戸の町は不穏のうわさにつつまれ、幕府は緊張した。その緊張と混乱のなかで幕閣要人の交替が行なわれ、御三家はじめ諸大名の登城がつづき、江戸城の警戒はひときわ厳重になった。

これでは手の出しようがない。正雪たちは焦《あせ》った。いまは時期ではない。そのうちに警戒もゆるむであろう。反乱をおこすのはその時だ。

しかし、この正雪の熟慮が計画をゆるがせた。同志のなかから裏切り者がでたのである。

七月二十三日夜、決行直前になって動揺した林理右衛門が、雉子《きじ》橋内の松平伊《い》豆守《ずのかみ》の邸《やしき》に駆け込み、謀反《むほん》の計画をぶちまけてしまった。裏切りはひとりではない。つづいて同志の奥村八右衛門が、そして弓師の藤九郎が……

(やんぬるかな)

兵庫《ひょうご》は唇《くちびる》を噛《か》んだ。

正雪らが挫折《ざせつ》し反乱の帰趨《きすう》がみえたいま、

(もはや、江戸にも用はあるまい)

兵庫は筆をとって二通の書状をしたためた。そして小者を呼ぶと、

「これを赤坂の安藤帯刀《たてわき》どのにお渡しせよ」

と、言いつけた。

頼宣《よりのぶ》が兵庫を招いて、ひそかに練りあげた由井《ゆい》正雪との謀計は、紀州家の老臣

たちのなかでも知るものは少ない。この機密は頼宣と兵庫と、そして紀州徳川家の附家老、田辺《たなべ》城主の安藤帯刀、同じく新宮《しんぐう》城主の水野淡路守《あわじのかみ》と、それに藩老の三浦長門守《ながとのかみ》ら五人だけの共有になっている。

その安藤への書状の一通は、兵庫が紀州へ帰国するむねを告げたもので、あとの一通は、紀州家を退転した牢人《ろうにん》、牧野兵庫が幕府老中、松平伊豆守にあてたもので、

——南竜公ご陰謀、

を密訴した書状である。

この書状を、暮夜ひそかに松平邸に投げ込むか、それとも「奉公構いにした牧野兵庫の小者を捕えたところ、懐中にあった」ものとして頼宣自身、松平伊豆守に示すか、それは頼宣が時機に応じて処置すればよい、と兵庫は思っている。

兵庫には、頼宣に逆謀ありといって〝旧主〟を相手どって公儀に出訴し、かえって頼宣に逆心がないことを幕府に認めさせようという、一種、捨て身の深謀がある。

（さて、紀州に帰るか）

翌朝、旅装をととのえた兵庫は、紀州に向かった。

捕われるためにである。

兵庫の駕籠《かご》が紀・泉国境《くにざかい》の雄ノ山峠をこえて山口の宿《しゆく》に入ったのは、昼どきをすこしまわったころであったという。

澄みきった秋の空に、鳶《とび》が一羽ゆるやかに舞っていた。

このあたりは、山すその宿場とはいえ藩主の山口御殿もあり、往来のにぎやかなところである。

が、どうしたことか宿場にも往還にも人かげがない。

（さては）

兵庫は駕籠の中からまわりを見た。

（どうやら、ここらしい）

そう思ったとき、街道の松並木や茶店や宿の物かげから、ばらばらと男たちがおどり出てくるのが見えた。男たちは、兵庫の駕籠を押し包むように取り巻いた。

高田喜八郎・竹本茂兵衛・的場《まとば》源四郎ら二十数人の藩士たちである。

「牧野《まきの》兵庫頭長虎《かみながとら》、奸謀《かんぼう》の段々明白である。神妙になされよ」

藩士たちは、山口御殿の広庭に駕籠《かご》を引き入れ、据《す》えた。

高田喜八郎は、濡《ぬ》れ縁にとびあがると書付をかざして、

「御意であるぞ」

そういうと、高い声で兵庫の罪状を読みあげた。

声に、兵庫は平伏した。

「畏《おそ》れいってござる」

こうして兵庫は三浦長門守にあずけられ、洞ノ川に押し込められた。

そののちの兵庫の身柄は転々とする。慶安四年十一月、水野淡路守の新宮城下に移され、翌、承応《じようおう》元年(一六五二)五月、安藤帯刀の田辺城下に移された。

田辺での兵庫の幽閉所は、城下はずれの神子浜《みこのはま》に設けられた邸であった。逆境の兵庫をあわれみ、ねぎらうために安藤帯刀が新しく建てたものである。

この座敷牢《ろう》から、熊野《くまの》の海がよく見えた。

幽閉所の警固には、本藩直属の田辺与力たちのなかから、老年でも若輩でもない思慮豊かなものがえらび抜かれ、彼らはみな熊野権現《ごんげん》に誓紙をささげて勤仕したという。

これらの与力衆の任務は、兵庫の監視というより、むしろ、幕府に頼宣を出訴した兵庫への憎しみをもつ士庶たちの狼藉《ろうぜき》から、兵庫の身を守るためであったのかもしれない。

世間は、時として軽率である。それでもなお警固の目のとどかぬ物かげから幽閉所に投石し、

「忘恩の犬め！」

「姦賊《かんぞく》、腹を切れ！」

など罵声《ばせい》を浴びせかけるものがあとをたたなかった。

しかし兵庫は、人びとの罵声をよそに凝然とすわりつづけていた。その横顔は、恩寵《おんちよう》をうけたあるじのために、おのれの器量のかぎりをつくして働きつづけたあ

との充足感を、ひとり味わっているようでもあり、人生の半ばで一炊の夢を見つくした男のもつ、恬《てん》とした、しずけさのようでもあった。

田辺にきて半年後の承応元年十月十日、兵庫は幽囚のうちに死んだ。享年二十九である。

あるじを失った幽閉所の座敷に、道中簞笥《たんす》がひとつ、ぽつねんと置かれていた。

山中宿で捕われたとき、小者に担がせていたこのタンスだけが、かつて六千石、家老職、出頭第一の権勢者《きれもの》であった男の家財のすべてであった。

道中簞笥は兵庫の遺言によって、和歌山城下の安藤帯刀の邸に運ばれていった。タンスは、邸の奥まった一室に置かれ、かえりみるものもないままに忘れられた。

十三年目の帰国

正雪《しょうせつ》一味の処断を行なった幕府は、ついで紀州頼宣《よりのぶ》を江戸城に召喚した。

この陰謀事件の背後に頼宣がいた、という嫌疑《けんぎ》は濃い。

正雪が謀反《むほん》をくわだてるにあたって紀州侯の家臣を称したこと、三つ葉葵《あおい》の紋じるしをつけた提灯《ちょうちん》をつくり、紀州頼宣が登城すると偽って江戸城に侵入しようとしたこと。そのうえ、正雪の邸《やしき》からは頼宣の印形を押した判物まで発見されているのだ。

――紀伊《きい》殿ご陰謀！

幕府は色めきたった。いかに紀州侯とて黙視することはできない。幕府は頼宣に正雪一件の釈明を求めた。

頼宣は、大広間に居並んでいる御三家の水戸《みと》・尾張《おわり》侯をはじめ、大老の酒井讃《さぬ》

岐守忠勝《きのかみただかつ》・井伊掃部頭直孝《いいかもんのかみなおたか》、老中の松平伊豆守信綱《いずのかみのぶつな》・阿部豊後守忠秋《ぶんごのかみただあき》らの前に肚《はら》太げな面《つら》がまえですすみ出た。そして頼宣は、

「この書状、お覚えがござりましょうや」

と阿部忠秋が差し出す証拠の判物を一目見るなり、

「謀書じゃ」

頼宣はかるくいってのけた。

「なにゆえをもって、さよう仰せられる」

「この印形を見られよ」

よく似てはいるが、これは偽印である。不審の向きは幕府に保管しているいままでの頼宣の判物とくらべてみよ、と頼宣はいう。さっそく、頼宣の文書をとり寄せ確かめてみた。頼宣の言はあたっていた。まさしく偽印であった。

「……」

「わが家の家老に牧野兵庫《まきのひょうご》と申すものがござる」

と、いいながら頼宣は、列座している閣老をじろりと見た。

「その兵庫が正雪にたばかられ、この偽印をこしらえたものでござろう。兵庫め、行状よろしからず、本来なれば切腹申しつけるべきなれど、後日の証《あかし》にと搦《から》め捕り、すでに田辺《たなべ》城下に幽閉申しつけておるわ」

そういうと頼宣は、からからと哄笑《こうしょう》した。

「さてさて、めでたいことよ。これが外様《とざま》大名の印に似せたものなら、天下騒乱のもと……この頼宣の印に似せたがさいわい。ご安堵《あんど》なされよ、これにて幕府は大磐石でござるよ」

喚問《かんもん》は頼宣の独《ひと》り舞台に終わった。けっきょくは、頼宣の腹芸に振り回されただけである。

悠々《ゆうゆう》と退出していく頼宣を見送った井伊直孝は、

「あれだから、みなみな紀伊殿をこわがるのでござるよ」

と、渋い面つきをしたという。

だが、これで万事が終わったわけではない。確たる証拠はないにせよ、頼宣への疑惑はいぜんとして残っている。頼宣の弁明にしても、その底にすっきりしない、どことなく虚偽《うそ》くさいものがよどんでいるのだ。

頼宣はこの年から十年もの間、帰国を許されなかった。

その十年目の万治《まんじ》二年（一六五九）の初夏、紀州田辺の安藤帯刀《たてわき》（四代、直清《なおきよ》）が頼宣のもとに小さな包みをとどけてきた。

それは、琴の爪《つめ》入れほどの小箱で奉書にくるまれ封印が施されている。帯刀の書状によると、これは牧野兵庫頭長虎《かみながとら》が先代の帯刀に遺贈した道中簞笥《たんす》に納められていたものだが、タンスをおくられた先代の帯刀も兵庫の死後ほどなく世を去り、タンスはいままで開けることなく忘れられていた。ところがこのたびタンスを調べたところ、包紙に頼宣公に献上という文字を拝したゆえ、いそぎおとどけ申しあげるのだという。

その包みをながめているうちに、頼宣は好奇心にかられて小箱の封を裂いた。

小箱をひらき、箱に詰められた紙をひらいた。幾重にもくるまれた紙のなかから、一個の鈴が出た。鈍《にび》色にくすんだその鈴の肌《はだ》に、草《そう》のかたちの玉追竜が手彫りされ、その竜の尾の下に小さく〝虎〟という文字が見えた。

頼宣は鈴の紐《ひも》をつまんで、かるくふってみた。が、鈴は鳴らなかった。見ると、鈴の空洞《くうどう》に紙がつめられている。頼宣は脇差《わきざし》のコウガイをとり、その先端で紙をほじり出した。薄葉《うすよう》の紙片であった。それには、

——血判起請文《きしようもん》……元和《げんな》五年（一六一九）四月……寛永《かんえい》十九年（一六四二）四月……

日光東照宮宝殿、

と文字が記されていた。

——これは、いったい？

頼宣は怪訝《けげん》な目をした。

が、それもしばらくであった。頼宣は不意に、あ、というような表情をした。

——そうであったのか。

頼宣は、太い息を吐いた。

万治二年九月はじめ、帰国を許された頼宣の行列が江戸を発《た》って紀州に向かった。

幕府が頼宣に対していだいていた疑いを解いたのは、日光東照宮の長老が松平伊豆守と交わした雑談がきっかけであった。話の間に長老は、東照宮の宝殿におさめられていた頼宣の血判起請文のことを、ふと洩《も》らした。

「それは、まことか」

伊豆守からそれを聞いた閣老たちが、日光からその起請文を取り寄せ、開いてみた。熊野牛王《くまのごおう》の裏に書かれた起請文は元和五年と寛永十九年の二通あり、その文面はいずれも将軍家への誠忠を神に誓ったものであった。

「紀伊殿には、かようなお心入れであったか」

頼宣に帰国の許しが出たのは、それからまもなくである。沙汰《さた》をうけた頼宣は、頬《ほお》の奥で、ふ、ふ、と嗤《わら》った。

起請文のことが伊豆守の耳に入るように、日光の長老に手をまわしたのは頼宣であった。そして、その起請文を頼宣に書かせ、ひそかに日光の宝殿におさめてきたのは兵庫であった。

――ようぞ思い出させてくれた、虎よ。

それにしても、これは執拗《しつよう》なまでにみごとな布石であった。

――そちの知恵いくさ、公儀に勝ったわ。

頼宣を乗せた駕籠《かご》は、いつか嘉家《かけ》作りの街道を過ぎ、城下に入っていた。

頼宣は駕籠脇《わき》の家士に声をかけ、引戸を開けさせた。

目の向こうの、城下の屋根の波が、虎伏《とらふす》の樹々の緑につつまれた櫓《やぐら》が、高い天守が、ぬけるように蒼《あお》い天のひろがりのなかで、しずかに揺れながら近づいてきた。


牧野兵庫頭長虎、流罪。陰謀アルヲモッテ也。

長虎、知恵《ちえ》万人ニスグレ君寵《くんちょう》ヲタノミ威権内外ヲ傾ケ横暴多シ。衆コレヲ悪《にく》ムトイエドモ皆ソノ威ヲ怖《おそ》ル。慶安《けいあん》四年七月、江戸浪人由井《ゆい》正雪、南竜公ノ命ト偽リ称《とな》エ、ソノ判形ヲ似セ謀書ヲ認《したた》メ叛逆《はんぎゃく》ヲ企ツ。陰謀露顕、徒党コトゴトク御誅戮《ちゅうりく》ニ伏ス。正雪儀ニツキ長虎逆心アラワレ田辺ニ幽閉仰セツケラル。承応《じょうおう》元年十月十日配所ニ死去ス（『南紀徳川史』）。

松江城

北条秀司

ほうじょう・ひでし

1902年〜1996年。歌舞伎や新国劇など演劇の脚本を多く手がける。ほかに「王将」三部作、「霧の音」など。

松江城の人柱

遠江《とおとうみ》（静岡県）浜松十二万石の城主であった堀尾吉晴《ほりおよしはる》（外様《とざま》大名）が、関ヶ原での戦功によって、出雲《いずも》・隠岐《おき》（ともに島根県）の二国二十四万石に封ぜられて、ここに松江藩が誕生する。堀尾吉晴は、はじめ尼子《あまこ》氏の旧城月山富田《がっさんとだ》城に入ったが、石田三成《いしだみつなり》が入る直前に佐和山《さわやま》城主だったことがあり、そのうえ吉晴は土木工事の巧者といわれていたらしいから、山峡の山城である月山富田城などは不満であったのだろう。

これからの戦は、難攻不落だけではだめで、政治的、経済的に発展していく新都市づくりに可能な立地条件を考慮することが第一であり、そのためには、水運の便が何より先決と、土木に明るい吉晴は考えたにちがいない。そこで、必死の踏査が始まる。

そのころ松江は蘆荻《ろてき》の茂った寒村であった。ある日吉晴は、その子忠氏《ただうじ》と床几《しょうぎ》山に立って地勢を展望する。大橋河畔まで敵が来たとしても、あの亀田《かめだ》山までは鉄砲の弾はとどくまい。眼下にひろがる美しい宍道《しんじ》湖にしばし心を奪われ、亀田山に築城決意をするのだった。

普請《ふしん》は、慶長《けいちょう》十二年（一六〇七）から始まり同十六年に完成するが、工事は難航をきわめた。山陰という土地風土を十分考えての工事であったが、石の運搬に人力の半ばをとられたうえに、洪水《こうずい》・雪・雨の被害が続出した。徳川《とくがわ》の天下とはなったが、豊臣《とよとみ》の家臣が大坂城で不気味な動きをみせている。吉晴の焦心は、ひとおりではなかった。難工事につきものの人夫に出す奨励金を出すほど財力がない現状である。そこで吉晴夫人は一計を案じた。自腹を切って、糯米《もちごめ》を大量に手に入れ餅《もち》をつくって、御殿女中たちに配らせたのである。日ごろ近寄れない奥女中が、泥《どろ》まみれの汗くさいオレたちのために、餅をつくり配り、おまけに湯茶の仕度までしてくれる。人夫たちは勢いづき仕事に力が入った。

しかし、完成までにあと一歩というところへきて、またまたの難航である。これでは、いつ完成するか見込みがないので、大評定《ひょうじょう》をひらいた。なかなか妙案が浮かばない。そのうち夜もしらじらと明けてきた。すると末席にいた村上長《むらかみちょう》左衛門《ざえもん》という男が、

「これは、この地の神の祟《たた》りかもしれない。城下のものを集めて盆踊りを催し、そのなかから美声、美貌《びぼう》の処女ひとりをえらび、地の神に、人柱として奉納したらどうだろう」

と進言した。やがておふれが出て、二の丸広場で、祈願の盆踊りが催された。お殿さまお声がかりの盆踊りでもあり、苦しい一日の労働から開放された人びとで、さしもの二の丸広場は、はち切れんばかりにいっぱいになった。日ごろの苦しさも忘れ人びとは夜明けまで踊り狂った。

その翌日、小倉屋伝兵衛《おぐらやでんべえ》のもとへ、娘の小鶴《こつる》を差し出すようにとの使いが来た。伝兵衛の心痛はいかばかりであったろう。手塩にかけて育てあげた娘小鶴を、なぜお城のために差し出さねばならぬのか、伝兵衛は怒りと悲しさに身をふるわせ小鶴を抱きしめた。

小鶴が人身御供《ひとみごくう》に立つと、あれほど難航をきわめた工事が思うようにはかどり、やがて壮大に城閣が落成した。

だが、それ以来盆踊りの夜がめぐってくると、だれもいないはずの天守閣から、女のうめき声とも泣き声ともつかぬ不気味な家なりが聞こえ、その音は、薄暗い城のすみずみまで響きわたり、やがて城がゆっくりと揺れはじめるのである。いつの間にか「乙女《おとめ》の怨霊《おんりょう》の祟りだ」とだれもが囁《ささや》き合うようになった。

まことに小鶴の霊の祟りであろうか、吉晴は城が落成して間もなく死没。そして孫の忠晴《ただはる》の代に堀尾家は、世嗣なく断絶するのである。三十三年間が堀尾氏の治政であった。

寛永《かんえい》十一年(一六三四)、京極忠高《きょうごくただたか》が城主となるが、これまた嗣なく、四年で除封となる。

松平秀康《まつだいらひでやす》(結城《ゆうき》)の三男、松平直政《なおまさ》(家康の孫)が信州松本城から移封されたのが寛永十五年である。以後、維新まで領主の交替はない。

苦しかった藩財政

城主直政《なおまさ》は、慶長《けいちょう》十九年（一六一四）十一月、弱冠十四歳の身ながら大坂冬の陣で、もっとも手ごわい真田丸《さなだまる》と相対し健戦奮闘する。その度胸ある若大将ぶりに真田幸村《ゆきむら》は感嘆し、砦《とりで》の上から軍配を投げて賞したと伝えられる武将である。

なぜ直政が松江城に移封したか、その理由は定かではないが、直政の人物を考えてみると、その理由が浮かびあがってくる。

当時の松江城は相当に荒廃がいちじるしかった。城の補修の必要性を藩士のだれもが考えてはいたが、口に出す余裕もないほど、財政的に逼迫《ひっぱく》していた。まず第一に経済の立て直しをはからねばならず、ならば直政の手腕によるほかにないと白羽の矢が立ったらしい。「人使ヒ能ク侍《さむらい》ヲ愛《よ》セシカドモ、吝嗇《りんしょく》ニシテ禄《ろく》ヲ賜ル事ナク、口ニテ計《ばかり》情ラシク云《いわ》レシ故、云々《うんぬん》」と、人物評定されている。

しかし、この直政にして経済の立て直しは容易ならざるものがあった。松江藩の石高の半分は出雲《いずも》平野で占められているため、この平野を流れる斐伊《ひい》川がひとたび洪水《こうずい》に見舞われると、藩の財政にあたえる打撃は大きく、その爪あとはのちのちまで尾を引いてしまうのである。石高の減少が年々つづくようになったので、藩は躍起になって検地を行ない石高の増収につとめるが、検地を行なうたびに石高が減少するのである。それもそのはず、検地役人が農民側から出たものたちであり、その役人から小百姓までが検地を骨抜きにし、そこから浮いた甘い汁《しる》を吸ってしまうのである。

直政がその違法行為を知らぬはずはない。しかし手が出せないのである。それは領民たちの気風を熟知できない、移封してきた藩主の悲しさであった。直政は有効な手が打てないまま、ついに家臣の禄《ろく》を半減する「半知」を行なった。直政が日夜頭のなかにあるのは、農民側に残る余剰をいかにして確実に吸いあげるか、その一点にあった。

そんなとき、家臣のひとりが、耳よりな話をもってきた。

「出雲に岩崎佐久治《いわさきさくじ》という男、二十六歳と年は若いが、なかなかのキレ者、この男をよび寄せ地方巧者に登用したらいかがであろう」

直政は二十六歳という若年が気になったが、そんなことをいっているときではない。いそいで使いのものを走らせるのだった。

直政は岩崎に会うなり、ひと目で気に入った。とにかく目の光が違う。この男はただの百姓ではない。この目はたしかに心血を注いで農政に従事してきた目だ。

それから間もなく、岩崎は、財政難を救う道はこれだとひとつの冊子を直政に差し出す。『免法記』という税法の実務必携を記したものである。

一、浦方(海岸の村)で塩焼するところは、前年のうちにその製塩高を見積もって米に換算し、その十分の一か二十分の一をその村の高に入れて、租率を引きあげるべきなり。また狩猟をするところも同じ。

一、薪《まき》・芝・竹木をとって市町へ出すところは、船便のよいところか、町に近いかを考え、その利益を米に換算し、同じ方法にて村の高に加え租率を引きあげるべきなり。

一、上畑の多いところで、麻・木綿・たばこをつくり、その品を売りたてるところは……。

直政はこれを一読し、うなった。なるほど、この若者はただものではない。耕地一本槍《やり》の近視眼的発想しかできなかったいままでの自分を思うと、恥ずかしさに胸をつかれた。子どもに道案内をされた思いだった。

以後、岩崎は直政とともに藩の財政難と格闘するのである。

農民間の商品生産の余剰まで逃さず吸い取ろうとした努力は、それなりの効果をあげ、実を結んでいったので、一大ピンチを招くこともなく、貧しいが、いちおう平穏無事に過ぎていった。

五代宣維《のぶすみ》は、享保《きょうほう》十六年（一七三一）、江戸で死没する。同十月に嗣子宗衍《むねのぶ》が幼少わずか三歳で封を継いだ。宗衍は延享《えんきょう》三年（一七四六）四月二十三日、出雲に入部する。このとき彼は十七歳の若年であった。若年とはいえ、聡明《そうめい》果敢であった彼は、中老小田切備中《おだぎりびっちゅう》を補佐役につけ「御直捌」と称しみずからも藩政に乗り出すのであった。

小田切備中は、まず手はじめに荒井助市《あらいすけいち》の再建案を登用すべきと宗衍に進言する。その再建案とは、禄別の改革であった。いままで松江藩では四斗をもって一俵とし、百十二俵半を百石と称したが、改革案では、三斗入り百俵を百石とみなすのである。つまり「百石」が三十七・五俵分軽くなってしまうのである。

これに対して藩士たちの不満は大きく、なかには宗衍に背を向けるものが出る気配さえあった。備中は日夜自分の力量のなさを悔い、この難関を突破できるほどの手腕が自分にないことを思い知り、宗衍に辞意を申し出るのであった。年若い宗衍は「自分にとっても同じこと、備中よ耐えてくれ、自分とおまえは同役であるぞ」と備中を思いとどまらせるのであった。

元文《げんぶん》元年（一七三六）十月には津波があり、翌二年には江戸赤坂の藩邸が火災に罹《かか》り、その年の四月には未曾有《みぞう》の洪水があり、このような風水害や蝗害《こうがい》などの天災は享保十七年（一七三二）から明和《めいわ》二年（一七六五）の三十四年間に、じつに十五回に及んでいる。そのうえ、叡《えい》山山門の修理手伝いや出雲大社の造営などの難事が押し寄せている。そしてこの難局に拍車をかけるように百姓一揆《いっき》が各村落におこってくるのであった。

松江藩領内での一揆はまず生産力の低い雲南の山間の農村からおこった。

正徳《しょうとく》四甲午（中略）午暮ヨリ末（正徳五年）正月、諸郡小百姓無用者大勢御城下（乞食《こつじき》に出る）「慶長ヨリ延享迄《えんきょうまで》聴書」より

うちつづく天災に生活のすべてを破壊された大勢の農民たちはだれ彼となく集まり、群れをつくり、列をつくり、ぞろぞろと城下の松江まで乞食に出て行くのであった。それは農民たちの怨念《おんねん》に満ちた無言の葬列のようであったであろう。

享保十七年には西日本一帯を襲ったうんかによる稲虫害は、農民たちを地獄のどん底におとし入れた。このとき、松江藩内で十七万四千石余りの損害という大凶作であった。

しかし宗衍はいままでの方針を変えようとせず、年貢米の徴収を強行した。宗衍にしてみれば藩を最低限維持させるためには、これしか打つ手がないのである。こうなってくると、先祖伝来の田畑を投げ出し逃げ出すものが続出する。あげくの果ては、地主まで田畑を捨て去って行った。生活破壊者は、底辺の百姓ばかり

ではない。ついには庄屋《しょうや》、郡の役人までが立ちあがり先頭に立ち、自然発生的に一揆がおこってきた。このように郡の最高職の役人がみずから先頭に立って一揆を指導する例は他にないことからも、いかに彼らの生活が緊迫の極に達していたかがわかる。

宗衍は一揆の首謀者ふたりを死罪にするが、けっきょく幕府から一万二千両の大金を借金し、石見《いわみ》銀山領から四万俵を買い入れてなんとか苦境をのりきる道をつける。

小田切の政策のおもなものは「泉府方」「義田法」「新田法」などがあり、どれも一時的には成り立つが、けっきょくつまずき、やがて世間一般から信用を失っていった。

そのなかで、「木実方《このみかた》」「人参方」を設けたのは小田切のクリーン・ヒットであった。天災に弱い稲作から視野をひろげ、積極的に殖産興業につとめた点は注目したい。

このころの燈火の原料は松根油・菜種油であったが、ろうそくの出現は光力の点で大きな進歩であった。藩はそこに目をつけ、ろうそくの原料となる櫨《はぜ》の栽培をおしすすめ、生ろうの製造を始める。これを国外に売りさばきかなりの収益を得るようになった。ちなみに宗衍の長女、五百《いお》姫の婚儀費用九千両はすべて木実方から支出されているのをみても、その利潤がかなりなものだったことがわかる。しかし、なんといっても小田切の改革政治は財政の根本的解決策ではなく、やがて、小田切は仕置役を辞任する。

このようなときに幕府は突然、比叡《ひえい》山山門の修築助役を命じてきた。この幕命は宗衍を震えあがらせた。藩中のおどろきは言語に絶し、眼前真っ暗闇《くらやみ》になった。当時の藩庫は、たびかさなる天災と借金の悪循環でほとんど空になり、それに対しての応急手当ても打ち出せず、まったく悲惨な状態であった。江戸方面までこのうわさがひろまり、宗衍が金子一両を所望して、御側小姓が江戸中駆け回っても「出羽《でわ》さま御滅亡」のうわさが高く、一両はおろか、一朱さえも貸すものがなかったという。しかし幕命に背を向けることはできない。宗衍はじめ藩士は悲壮な覚悟をもって宝暦《ほうれき》十一年(一七六一)正月、工事に着手するのであった。

この間、宗衍は江戸にあった。松江を発して参勤以来、八年間も帰藩していない。帰藩しなかったのは痔《じ》病が原因とされているが、じつのところは帰藩したくとも、財政難のために、とてもできなかったのではあるまいか。宗衍の聡明と藩士・領民の必死の努力をもってしても天災にはうち勝てなかった。宗衍ほど自然の力の恐ろしさを身をもって思い知った藩主もそうはいないであろう。ついに明和《めいわ》四年（一七六七）十一月、三十九歳の若さで、悲壮な思いを残し、宗衍は引退する。

生死のさかいをさまよっている病身の松江藩。その藩士・領民の期待を一身になって登場するのが、次代藩主松平治郷《まつだいらはるさと》（不昧《ふまい》）である。

不昧登場

不昧《ふまい》は六代藩主宗衍《むねのぶ》の次子で、宝暦《ほうれき》元年（一七五一）、江戸に生まれた。幼名は、鶴太郎、のち治好《はるよし》・治郷《はるさと》と改めた。

彼が封を継いだのは年少十七歳のときで、ちょうど、そのころは、あの田沼意次《たぬまおきつぐ》が、幕政をわがもの顔にかき回しており、公然とワイロが横行し、袖《そで》の下政策が露骨に行なわれていた。このムードを知った近臣たちが、世が世ならば、わが松江藩もいままでどおりの実直一辺倒の態度を改め、猟官運動をすれば、わが君はきっと少将に昇進できる。このチャンスを逃がすのは、時代の波に乗りおくれるのも同然だ、と口々に言うと、じっと聞いていた不昧は顔を赤らめ、

「足るるを知り、分に安んずることは聖人の教えるところ、人間踏みはずしはみだりに昇進を望むことに始まる」

と、はげしく近臣たちをたしなめた。不昧の性格の一片が現われている。不昧という雅号は江戸麻布天真寺の大顛和尚《だいてんおしょう》に参禅し、百丈野狐の「不落不昧」の語からとって名づけたという。

弱冠十七歳の青年不昧は、経世家の国老朝日丹波《たんば》を登用し藩政の再建いっさいを丹波に当たらせようとする。当時六十七歳の丹波は青年藩主不昧の苦渋に満ちた顔を思うとき、いままで自分がこの目で見、体験してきた松江藩の並々ならぬ財政難に立ち向かわなければならぬこの若殿が、あわれであり、いとおしくさえあった。残り少ない自分の人生の最後をこの不昧にささげようと決心する。

丹波は「御立派《おたて》」の新法という思いきった藩政の改革を断行する。御立派とは「御立派は同名が取計らひ候厳しく取扱ひの御国政の名にて御座候」といわれるように徹底した藩政の改革である。

まず江戸藩邸の綱紀を引き締めた。江戸屋敷の御納戸《おなんど》金をやり玉にあげ、不時の贈り物はやめる。利息のかかる借金は厳禁する。屋敷の仕事に従事するものの人員整理、食費・衣服費の節約はいうに及ばず、燈火にいたるものまで徹底させた。第二に負債の整理である。地主・富豪などに対しての藩の借金の棒引きを断行した。つぎに新田の開発よりまず治水土木の工事が先決であるとして、三年を費やし、徹底した治水工事をしたおかげで洪水《こうずい》の害からまぬかれることができた。丹波は農業尊重主義者であったから、他領の商人から借金されれば利子をつけて返さなくてはならぬ。利子をうみだす余裕などないのであるから、どんなに財政難におちいろうとも、他領からの借金は禁じた。米百石は、正味百石だから価値があるのであって、利子分を引いた百石にはなんの価値もないと領内百姓からの取りあげを第一義として徹底すべきで、これにはなんの利子もかからないではないかと主張し、財政立て直しのために年貢の増徴をはかった。不昧と丹波による「御立派」の改革は勧農抑商にあった。

不昧の初世十数年間は大きな水害もなく、改革は順調にすすみ、着実に効果を現わし、不昧治世の半ばに藩財政の窮乏はみごとに立ち直っている。貧困に窮した暗く長い時代もこのあたりでやっと終止符を打ち、陽差しが当たろうとしていた。

不昧は幼少のころよりものごとに熱中しやすい性格であった。遊びにしても気に入ったものがあると、一日じゅうそれを手放さない。ついに寝所までもっていくといって側近たちを困らせた。少年時代になってもその性分は変わらぬどころか、ますますエスカレートし、先祖伝来の植木を庭の美観をそこねるからといって切らせ、ことごとく丸坊主にしてしまったり、言い出したらきかない性分は側近たちの頭痛の種であったらしい。

彼の補導にはかなりの苦心が払われている。不昧は明敏であるからなおのこと、側近たちは不安に思うのであった。長じて万が一常道をはずしてしまうようなことがあったら、お家の一大事にもなりかねない。そこで近臣たちはいまのうちに自己をコントロールできる人間に育てなくてはと、茶道と禅を学ばせる。不昧が終生茶道に身を打ち込むようになる動機になった。

不昧は十八歳のとき伊佐幸琢《いさこうたく》の門をたたき、石州派を学びその伝授をうける。不昧が相変わらず茶道に熱中しているようすをみた侍臣宇佐美恵助《うさみけいすけ》は、日ごろ思っていた茶道の弊害を「慎重」に詳細に説き不昧を諫《いさ》めた。すると不昧はこれ

に答え（『贅言《むだごと》』という茶の湯随筆）、

「世の中の人びとが茶人のすることを見て笑うのは当然のことである。茶人は家作に曲がった柱などを好み、茶席では、やたら頭を下げ、亭主《ていしゅ》のすることひとつひとつを仰々しく褒《ほ》めそやし、何もかも御出事、御出事と軽薄にほめ、つまらぬ道具に大金をつぎ込んだり、客を招いたときも茶の湯は第二で、客も亭主も道具ばかりを歯の浮くようなことばを並びたててほめちぎり、自慢したりするのは、じつに片腹いたいことである。道具好みをする人は盗人《ぬすっと》根性で、人をだますことをつねに心がけているものであるから、本意を知らねば、茶の湯などせぬがよい」

と利休《りきゅう》の和歌を掲げ、この歌のようであれば、世の人びとが茶をみて嘲《あざ》けることもないだろうにとさえいった。

釜《かま》ひとつもてば茶の湯なるものを
よろず道具好むはかなさ

茶の湯とはただ湯をわかし茶を立てて呑《の》むばかりなり本を知るべし

青年時代の不昧はこのように道具茶をいやしんだ。また『茶道論』を著わし、「茶の湯は何のためにしたるかということを人は知らない故に事理本意に違《たが》う事が多々あるなり。茶道とは一ト言で言へば知足の道なり。（中略）不足にて茶を立て楽しむが道なり。此の意にて、身を修めぬ家を斉《ととの》ふる事なるものなり。（中略）知足こそ茶湯数寄道の根本、不審庵利休宗易《そうえき》居士の本意なり。今の茶の湯というものは、古物みせのようなる計《ばか》りにて、事を好み、金を入れて、他の体を扱ひ、知足の体をなす事なり。今の世の茶をする人は盗人同様に悪《にく》むべし。盗人は金銀米穀を盗み、今の茶人は茶道の字を盗む大罪人なり、誠に磔《はりつ》け物なり」

と述べて、当時の茶人の卑俗化、茶道の老化現象を痛烈にたたいている。しかしこのように道具茶を卑《いや》しみ、町人茶的豪奢《ごうしゃ》さに反感をもっていた不昧も後年、藩の財政が好転し豊かになるにつれて、名物道具を買い集め名器の研究に没頭するようになる。ものごとへの集中癖は老いてもますます盛んであったようで、それだけに事物への審美眼は鋭く、たんに名器収集家にとどまらず、幾多の名著を世に出し、いまなおその真価は変わらない。晩年、不昧は茶道に身をまかせ、悠々《ゆうゆう》自適の生涯《しょうがい》を送る。「茶礎」という一文を見ると、晩年の澄みきった心境を読みとることができる。

「茶の湯は稲葉に置ける朝露のごとく、枯野に咲けるなでしこのやうにありたく候、此味をかみわけなば独り数寄道を得べし、其外客の麁相《そそう》は亭主《ていしゅ》の麁相なり。亭主の麁相は客の麁相と知るべし。(中略)客の心になりて亭主せよ、亭主の心になりて客いたせ。習にかかはり、道理にからまれ、かたくるしき茶人は田舎《いなか》の茶の湯と笑うなり。

我が流儀立つべからず、諸流皆我が流にて、別に立派あるべからずと、覚悟すべきなり」

松江を救った娘

文化《ぶんか》三年（一八〇六）、不昧《ふまい》は引退し八代斉恒《なりつね》が封を継ぐ。藩主不昧の時代はまさに松江藩の花の時代なのである。

これ以後、刻一刻と世の中は、あの維新へ移っていく。開国・攘夷《じょうい》、両論の嵐《あらし》は、この松江藩にも吹き荒れ爪あとを残していくのである。

徳川《とくがわ》三百年の政治は慶応《けいおう》三年（一八六七）十二月九日、王政復古によっていちおう、かたちだけの終止符が打たれるが、しかし三百年の権力体制が、一片の宣言によって決着のつくものではない。新政府は民心をおさめようと苦慮し、そのために全国各地に鎮撫《ちんぶ》使を派遣し、国情を調べることになった。山陰道鎮撫使は、西園寺公望《さいおんじきんもち》と川路利恭の率いる官軍がやって来た。だが帰順謹慎の意を全面的に表している松江藩にしてみれば「鎮撫」の対象などなく、自然あり余る士気は、金による女と酒、そして乱暴狼藉《ろうぜき》へと発展、松江の人びとは、夜も安心して床につけないありさまだった。

そんなある夜、公望の寝所へ忍び込んだ大胆な人影がある。

「あなたは、あなたの部下たちがいま何をしているか知っておいでか」。公望はその声にはっとする。女である。城下のだれもが心で思いながらできなかったことを、女の身で敢然と、やってのけたのは、針医玄丹《げんたん》の娘お加代《かよ》であった。

天保《てんぽう》十三年(一八四二)、武士の娘として生まれたお加代は、まもなく眼病を患い盲目となった父をかかえての難行苦行。針医となった父玄丹の手を引いて花街を歩くうち、いつしかその美貌《びぼう》を見込まれ、官軍が入ってからのちは、酒の席に出るようになっていた。生来の勝ち気と大胆さが、人を人とも思わぬ反抗精神を育て、「諸国大名弓矢で殺す、玄丹お加代は目で殺す」とまでいわれるようになったのである。白刃の先に刺したかまぼこをくわえ、食え、といわれれば、平然と口にうけ、そのうえ「お酒もいっぱい」などと椀《わん》を差し出す。薄氷の張りつめた宍道湖《しんじ》を渡ってみろといわれれば、人力車に乗ってみせる。

そうした度胸が藩のため、城下のために役立った。官軍の横暴を公望に面詰したのも、お加代であるし、三十万両と決まった官軍への献金を、藩のため、公望に談判して、一万両に値切ったのもお加代の手腕であったという。紅顔可憐《かれん》な十七歳のお加代の藩を思う熱意と度胸が公望を動かしたのであろう。吸玉楼の酌婦《しやくふ》となったお加代は、一代の姐御《あねご》として花街に君臨しながらも、七十七年の寂しい生涯《しょうがい》を閉じたそうである。

松江城にまつわる話のなかには華やかなロマンもなければ、血で血を洗う陰惨なドラマもない。あるのは、藩財政に苦慮する藩主たちや、必死の覚悟で難事をのりこえようとする藩士たちの思いばかりである。そんななかで松平《まつだいら》不昧の登場は暗闇《くらやみ》のなかの一点の燈火にも似て松江の人たちを、ほっとさせる。

城にも十人十色の顔があるとすれば、この松江城は貧困にあえぎながら、コツコツと田を耕し生真面目《きまじめ》に生涯を終わった気のいい百姓の親父さんではないだろうか。そういえば、始祖堀尾吉晴《ほりおよしはる》は石橋をたたいて働いてきたサラリーマンが、停年退職を目前にし、なんとしてもマイホームをつくろうと、借金もせず、自腹で工事を始め、悪戦苦闘した姿に見えてくる。

幾多の城が廃藩置県や戦災によって消えてしまったが、この松江城天守は、途中補修こそすれ、四百年の歴史の重みを背負い、いまなお敢然と松江の町にそびえ立っている。深い雪をかぶった松江城はいちばん美しい。財政難に悪戦苦闘した藩主たちが降り積もった雪をささえているかにみえる。

天守の構造

松江城の天守の完成したのは慶長《けいちょう》十六年（一六一一）で、同じころ名古屋城天守も建設されている。しかしその双方をくらべると、とうてい同時代のものとは思われないほどの差がある。

松江城天守の外観は下見板張りの粗野なつくりで、内部にはなんの装飾もなく、鉄帯をはめた寄木柱が露出していて、すべての点で古拙なのだ。これは明らかに経済的理由によると思う。

名古屋城は徳川《とくがわ》直営工事であり、高値な建築材料や腕のよい工人たちを多く集め、財力を思うぞんぶん投入できた。それに反し、松江城は堀尾《ほりお》氏わずか二十四万石の自腹の城である。雨雪の多いこの地方は、それに応ずる考慮も払われていてよいはずで、雨雪の水分が壁に浸み込んで凍結するのを防ぐための下見板張りだったとも思える。しかし遠方の敵から見える部分は白亜《はくあ》塗りごめとしている。外観の古風さに比して内部は敵兵の侵入を防ぐため緻密《ちみつ》な配慮がなされている。廻縁高欄がなく、内縁として四方を吹き放しにしている点。籠城《ろうじよう》のために、地階穴蔵には食料倉庫、井戸を設けてある点。一、四階には便所まで設けてあること、また天守の穴蔵は三方を石垣で囲み、南側の一部は外壁に窓を設けて近づく敵を射撃できるようになっている。天守の各層に通じる「上り壇」はそれぞれ勾配《こうばい》が違っている。

山陰というと、暗く陰鬱《いんうつ》な土地柄で、人びとの心も閉鎖的にじめついていると、多かれ少なかれ思うものであるが、じっさい松江に二、三日過ごしてみると、その先入観が吹き飛んでしまう。松江の町や、人びとにすまなかった気さえしてくる。閉鎖的に思えた人びとは、都会人が忘れてしまったつつましさ、遠慮深さをいまでもかたくなにもちつづけているからだとわかる。松江の町は明るく、平和でのんびりしている。陽の光が満ちあふれている思いがするのはたぶん、あの宍道湖《しんじ》の湖面に反射した光がふたたび松江の町を、おおうからだろう。

そのむかし、堀尾氏に築城の決意をさせたのも、小泉八雲《こいずみやくも》がほれ込んだのも、この松江に宍道湖があったからではないか。高くそびえ立った松江城でさえ、この湖を引き立たせるための道具にすぎないように思えてくる。

田山花袋《たやまかたい》紀行『山水小記』で、

「私は庄原《しょうばら》から汽船で松江に渡ったが、落日の宍道湖の美は容易に他に求めることができなかった。琵琶《びわ》湖はひろいけれど風景がやや散漫である。霞《かすみ》ヶ浦《うら》も麻生《あそう》あたりはややよいが、これも宍道湖のやうに変化にとんでゐなかった。やがて、大きなカサのやうな、または金盤のやうな日は、湖の半を染めてキラキラと美しく輝いた。ことに宍道の人家の白壁が湖の夕日に照らされて並んでいる形は絵も及ばなかった」

と落日の美しさを書いている。黄金色につつまれた宍道湖が嫁ヶ島を浮きあがらせ、しじみ取りの舟が二つ三つ水面に線を引きながら帰ってくる。気がつくと旅人ばかりではなく、工場帰りの工員さんが、自転車をとめ、買物かごをぶらさげた主婦が、子どもの手をとりながら、申し合わせたように、みな、だまりこくって湖面の美しさに見とれている。

そういえば松江大橋はこの宍道湖の美しさをいっそう引き立てるアクセントに思えてくる。以前はもちろん木の橋であった。しばらく松江に住んでいた小泉八雲は、下駄《げた》がカラコロとこの橋の上を歩く日本人の器用さを、まるで、舞踊のようだと書いている。また彼は、日の出の時刻に大橋に立ってかしわ手を打つ、この町の人びとの姿を見、日本人の心の音を聞いたと感じ入っている。

大橋南詰に源助《げんすけ》の碑が建っている。城主堀尾氏のころ、橋普請《ぶしん》が始まったが、何度も流されるので、源助なる男を人柱にしてやっとできあがる。ところが因縁だろうか、昭和九年の橋の架け替え工事でやはりひとりの若い技師が殉職する。源助の霊がよび寄せたのだろうか。小泉八雲は源助の話を聞いて、夜な夜な鬼火が飛ぶ怪談を書いているが、いまでも通じるような錯覚がこの松江の町にはたくさんある。源助の碑と並んで殉難記念碑が建っているのをみると、この町は変わっていないなと思う。

そういえばこの土地の人は八雲のことをヘルンさんとよんでいる。バスのなかで、「きょうはヘルンさんのところまで用足しになあ」と、年老いたおばあちゃんのうれしそうなことばを聞く。

松江城内の城山稲荷《いなり》もさることながら、この町にはどういうわけか稲荷さまが多い。横町に入ると目につくのはきまっておキツネさまだ。そしてそこにはかならずささやかな供物と、生花が供えられている。腰の曲がったおばあちゃんが、赤い服を着た女の子に手を引かれてやってきた。小皿に盛ったお赤飯と油揚げを供え、ていねいに長い間頭をさげている。

キツネの超自然力をこの土地の人びとはまだ信じているようだ。つい最近でも、キツネもちの家へ行って病気になったとか、知らないでキツネもちの家へ嫁したら、子どもが死産だったとか、長女の里帰りにキツネがついてきて家じゅうのものを病気にしてしまうとか、悪ギツネの話をよく聞く。そして、じっさい考えられぬことだが、法務局に相談にくる。ついには人権擁護委員までのりだし、やっと解決する例が数多くあるのである。

島原・原城

田中千禾夫

たなか・ちかお

1905年〜1995年。劇作家、フランス文学者。「マリアの首」「雲の涯」「あらいはくせき」など。

表面上の静けさ

そのころ、というのは大坂城が落ちて豊臣家が滅び、徳川家による江戸幕府の中央集権的な支配体制が、名実ともに確立されてから二十年ほどたった寛永《かんえい》十四年（一六三七）十月のころ、三代将軍家光《いえみつ》は連日のように平和を楽しんでいた。

ただし、平和といっても、全国の諸大名を統制して体制を維持強化するための方策はきびしく施行されている。恩顧譜代ではない外様《とざま》の大名たちの国替えをやらせ、身内の大名を要所に配置するなどはそのおもな政策であるが、当面の問題に関係のあるものとして、たとえば、三年前までは奨励的であった諸大名の参勤交代の制度（こまかい規則があるが、要は、大名が所領を離れて一年間、江戸に住むこと。いわば人質制度みたいなもの）は義務的になっているほどである。また、のちのことにも関係があるのでここでつけ足しておくが、京都や大坂のように、九州の豊後《ぶんご》の府内《ふない》

（大分市）にも、幕府直属の目付役を派遣している。時代物によく登場する忍者、すなわち「隠密」なる密偵《みってい》は、これの下部組織であるが、目付役は役人たちの監視に任じた。さて、家光であるが——。

十月廿五日。この日、品川へ御放鷹《ほうよう》あり。今夕、地震。

十月廿六日。小石川の辺御放鷹あり。水戸黄門《みとこうもん》の邸《やしき》にて御膳《ぜん》めし上がる。かえらせ給いて三浦志摩守《しまのかみ》正次、風流《ふりゅう》（笛・鼓《つづみ》・鉦《かね》などで伴奏するにぎやかな踊り。今日でも民俗芸能として各地に伝わっている）を催し、御覧に供う。夜中、また幸若《こうわか》（謡曲や浄瑠璃《じょうるり》の前身にあたる）の舞御覧あり。きょう、武蔵《むさし》・相模《さがみ》（以下関東各州と甲斐《かい》・信濃《しなの》）の代官・地頭に仰せ下されしは、前令のごとく五人組（五人の隣組による連帯責任制）いよいよ心いれ改むべし。在々処々に無頼の者なからんよう……（あやしいものに宿を貸すな。盗人やわる賢いものがいたら訴えよ、など）

右の五人組というのは、失業した武士である浪人と、国禁の切支丹《キリシタン》の宗徒とを取締まり摘発する対策として元来は設けられたものである。

ここではとくにその名指しはないが、切支丹は徳川家康以来、厳重な禁制と処刑とをかさねたので、世上からは姿を消していたし、浪人は自然消滅を待つばかりであった。ところがその切支丹が、九州の島原半島《しまばら》（長崎県）と天草《あまくさ》（熊本県）で勃《ぼっ》発《ぱっ》した百姓一揆《いっき》の首謀者と目されたのである。ついでにいえば、この事件から十数年後、由比正雪《ゆいしょうせつ》が浪人と語らい幕府顚覆《てんぷく》をくわだて、事前に発覚して自殺しているから、浪人の存在も無視はできない。

百姓一揆にしても、佐々木潤之介の調査によれば（岩波版『日本歴史』）、慶長《けいちょう》から当代の寛永まで三十件を数える。わたしが引用している日記体の文章（当用の用字に書き直した）は、徳川将軍の日常を記録し、文字面のうえではさも天下泰平であるが、それはしかし、それだけの自信が徳川家としてはあったのである。寛永十年以来、公の許しなくして海外へ渡ることを禁ずる、というのから、いっさいの渡航と、また海外からのそれを禁ずるにいたる再度の鎖国令を出しえたことは、幕府独裁の実力が蓄積されてきたからこそと思われる。しかし、油断はならぬ。前述の、無頼のもの云々《うんぬん》の訓令をあらためて発しているのは、それが事件後の加筆でないとすれば、奇《く》しくも事件を予見した感がある。日記をすこしとばして、十一月六日。(要約すれば、麻布《あざぶ》で鶴や雁《がん》などの狩りをし、剣道の御指南役でもあり、総目付でもある柳生但馬守《やぎゅうたじまのかみ》の別荘で食事をした。今日も地震はなはだし)

同七日。(要約すれば、昨日の真鶴《まなづる》を京都朝廷へ送る。小石川で鷹《たか》狩り)

よくまあ飽きもせず狩りをなさるものだと思うが、さて、狩りではない記述が現われた。

十一月九日。松倉長門守《ながとのかみ》勝家(重政の嫡男《ちゃくなん》)所領、肥前《ひぜん》(長崎県)島原にて、天主教を奉ずるもの、一揆をくわだて、松倉が城下(すなわち島原城下である)の市井を放出し(町に乱暴をし)、有馬《ありま》といえるところに楯籠《たてこ》もりたる旨《むね》、豊後《ぶんご》府内目付の輩《やから》より注進ありければ、板倉内膳正重昌《ないぜんのかみしげまさ》に目付石谷貞清《いしがやさだきよ》、いそぎかの地におもむかしめられ、云々。

この島原の乱の原因については、幕府体制側は、その弱点を頬《ほお》かぶりして、邪教と切支丹の反乱に責を帰し、もって体制強化の口実にした、というのが今日の史家の定説であるが、簡単に話の筋道をたどる便宜から、記述の偏向と不正確とはおいて、『徳川実紀』の記録をしばらく借りつづける。

天主教は天下の大禁なれば、近頃別して査撿せるところ、肥前国高来郡《たかき》（南高来郡）島原に、かねて大矢野作右衛門《さくえもん》（以下四人の名をあげ）、この五人、もとは肥後《ひご》の国天草の内、大矢野千束村のものなりしが年頃天主教を信ずることふかく、いかにして此の宗門を再興せん事を希《ねが》いし折ふしなれば、この廿五年先に、天草にて此の宗門を教諭したるしやびえる（一般にはザビエルだが、彼は天正《てんしょう》年間に渡来し、天草に来たことはない）といいし伴天連《バテレン》が本国へ放ちかえされしとき、云々（天草布教の元祖は、じつは修士時代のアルメイダ神父である。助野健太郎著『島原の乱』による）。

この書はこの乱についてもっとも詳述した参考書で、以下たびたび引用することになろう。ほかに岡田章夫著『天草時貞』がある。古文書の復刻で、わたしの手もとにあるのは『嶋原天草日記』（討伐軍の総大将、松平伊豆守《いずのかみ》の嫡男《ちゃくなん》で、従軍した輝綱《てるつな》の筆）、『嶋原一揆松倉記』（松倉の下臣の筆か）、『天草土賊城中記』（初めから二心のあった山田右衛門作の口書。絵師で、落城の際あやうくたすかり、のちに、江戸に出て、彼を取り調べた松平伊豆につかえた）、『嶋原戦之覚書』（参戦した柳川の城主、立花宗茂《むねしげ》の筆）、『肥前国有馬古老物語』（一農夫の筆）。それと、大正十五年の出版で、おそらく最初の研究かとも思われる尾池義雄の『切支丹宗門戦の研究』がある。

これからが天草四郎の登場である。

天童、天草四郎

（伴天連《バテレン》が追放されたとき）未鑑という書を残し留めたり。その書の中に、今より廿五年をへて天より神童をくだし、此の教を再興すべし（その予言のとおり、今年の秋から天は真っ赤になり、松の花は咲いた）。天草の庄屋《しようや》、益田甚兵衛《ますだじんべえ》が子、四郎といえる十六歳の童子、学ばずして字を書き、書を読む事衆にきこえ、しかのみならずさまざまの奇蹟《きせき》を行なった（たとえば、掌中で卵を産ませたり、雀《すずめ》のとまった竹を切ったりする。『古老物語』では狂女を回復させている。なんだか『新約聖書』中のキリストを思わせる)。これぞしいやびえるがいえる天より降せし神童なり。かかる奇瑞《きずい》をみながらむなしくあるべきにあらず、これ宗門再興の時なりと愚民を誘引せしかば、これに惑《まど》い従うもの日々月々に数そいたり。遂に近郷の村里を煽動《せんどう》して徒党少からずと聞ゆ。

むかし、退去させられたという伴天連の話は『土賊城中話』にも出ている。似たり寄ったりである。

伴天連書物を以て申し遣わし候は「当年より廿六年めに当りて、必ず善人一人生れ出ずべし。其のおさなき子、ならわずに諸学を究め、天にしるし現ずべし。木に饅頭《まんじゆう》なり、野山に白旗立ち、諸人の頭にクルス(十字架のこと)立ち申すべく候。東西の雲の焼け必ず有るべし。諸人の住居皆焼けはつ可し。野も山も焼け、有るまじき由」書き候由。

空想をほしいままにしたおもしろさがある。これはキリスト教だけにかぎらない。仏教にしてもそうで、宗教的なまれな事件を神秘化するために、後人が好んで前兆みたいなものを案出するのである。しかし、さすがに現代の研究家は科学

的である。前にあげたそのひとり、岡田氏は、

「このころ、朝焼・夕焼の色が異様に赤く照り映えたのは、この地方に限ったことではなかった。江戸でも、この年の十月ごろからそれが目立ってみえた」

と注目している。地震のことがわたしにはすこし気になるが、四郎については、乱の前に捕えられた四郎の母の申し立ての箇条が、同氏の考証で引用されているので、それによると、

「四郎時貞《ときさだ》、年は十六歳、九つの年から手習を三年、学問を五、六年いたしました。長崎へは学問をするために時々参りましたが」

とあって、習わずして学問があった云々《うんぬん》は、神秘化の俗説であることはわかる。また助野氏は、四郎は肥後《ひご》藩の侍の家につかえていたといわれる、という説をも伝えているから、四郎の教養のほどを察することができよう。結論として同氏は、

「当時から伝説づけられ、かたちづくられてきたから、実体はいまだに、ようようとしてつかみにくい。あとになればなるほど、いろいろの創作を加え

られて、伴天連の魔法使いにさせられたかと思うと、南海の美少年になるといった、日本史上まことに奇怪な人物のひとりである」

なんにしても美少年であったとすれば、これは人間的魅力の絶大なもので、醜男《ぶおとこ》のキリストの画像にはほとんどお目にかかったことがないのと同様である。天主の化身として、大衆から偶像的に崇《あが》められる肉体的と精神的との条件に恵まれた天才少年であったのであろう。

暴発した百姓一揆

乱の原因を切支丹《キリシタン》（文中、土賊とか外道《げどう》とかの卑称をあたえる）の謀叛《むほん》に帰している幕府流の解釈に従うと、事のおこりは――

郷民集まり、北有馬《ありま》村内浦河内というところに、かの外道本尊の絵像を懸《か》け、深く恭敬して居り申し候由、代官これを聞き、早速馳《は》せ付け、その絵像を奪い取り、散々に引破りければ、外道ども大いに腹を立て、代官を忽ちに殺害す。時に寛永《かんえい》十四年（一六三七）丑《うし》十月廿三日の事なり（『古老物語』）。

しかし『嶋原天草日記』にはその日を十月二十五日とし、前にあげた尾池氏は諸事を考証してこれを採るが、二十六日説もある。

こうして、舞台は、いよいよ島原城に移るのであるが、そのまえに、ここを居城とするが、当時は例の参勤交代で江戸住まいをしていた、領主松倉について語らねばならぬ。有馬の百姓たちの蜂起《ほうき》の由来は、この松倉の苛酷《かこく》な搾取《さくしゆ》と切支丹弾圧とにあるからである。

だいたい、島原半島はそんなに広い面積ではない。有明《ありあけ》海に面した北端から、天草《あまくさ》下島との間の早崎の瀬戸に面した南端まで、私鉄の島原鉄道でゆっくりと走って一時間余りあればいいだろう。山地が大半で耕地少なく、石高は四万石にすぎない。しかるにこの小さい国を、戦国時代から秀吉・家康のころまで、佐賀の竜造寺《りゆうぞうじ》（それが滅びると鍋島《なべしま》）、鹿児島の島津《しまづ》がねらって地元の領主、有馬晴信《はるのぶ》を悩まし、これには晴信の従兄弟《いとこ》で、隣接する大村領の大村純忠《すみただ》も関係するが、思うにこれは、有馬領には半島の南端の口之津《くちのつ》の港があったからであろう。平戸《ひらど》や長崎のように、そこは海外との貿易港になりうるかもしれなかったからだ。

晴信も純忠も、いうところの切支丹大名であった。純忠は、同族間の反切支丹勢力に悩まされながらこの教えを保護し、ついには神父たちの根拠地として長崎港を発見させる端緒をひらいたのである。が、南蛮《なんばん》（徳川時代、旧教カトリック系のポルトガルをこうよび、同じ紅毛とはプロテスタント系のオランダを指す）の布教師との密接なつながりは、その本国との交易につながることでもあった。

晴信は、一時は家康の覚えめでたかったのであるが、以前、長崎奉行《ぶぎょう》につかえたことのある策士、岡本大八にあやつられ、旧領復活運動に失敗し、両成敗で失脚、甲斐《かい》に流され、悲劇的な死を遂げた。領地はしかし、無事に子の直純《なおずみ》の手に渡った。というのは直純は、幼時、家康につかえて寵遇《ちようぐう》され、しかものち、家康の曾孫《そうそん》の娘、国姫を下賜されたので、切支丹信者の妻を離別して迎えたのである。国姫は熱心な仏教信者であった。

領主が信者か庇護《ひご》者である間は、領民の信者も多く、布教も盛んであるが、領主が棄教するとたちまちにしてしぼんでしまうという現象が当時、一般的にみられるのであるが、有馬領でも同様で、島原の切支丹は打って変わった迫害をうけることになる（直純のことは助野氏の説明による）。

ところが、それでも衰えをみせぬ教徒に手を焼いたらしい。切支丹大名家は、すべて悲劇で終わるのであるが、この有馬家は、父と子とが信仰を種にして相離反するだけに深刻である。一説には、直純が配所にある父の晴信がいまだに棄教しないと訴え、ために晴信は死を賜わった、ともいわれている。切支丹を訴人すれば銀何百枚とかをあたえるという高札《こうさつ》が方々に立てられていたし、幕府の命令を忠実に励行して、忠勤ぶりを示したかったのであろう。手を焼いて、高名な仏僧を関東から招いて説教を聞かせようとしたりしたが、聞きにくるものがいないので、坊さんはあきらめて去った。井上和夫の『切支丹の犯科帳』は述べる——。

直純もまた有馬を捨てる気になり、幕府へ願い出て、日向《ひゅうが》県の城、五万三千石へ国替えとなった（このことはすでに述べたが、つぎの記述は重要である）。家臣のうち、彼に従った者、わずかに数十人だったという。

なぜ重要かというと、居残った多くの家臣のうち農民層のなかに入ったものがあったろうし、一揆《いっき》をささえるだけではなく、抗戦へと導くうえでの役割をつとめたと推察されるからである。

このことは、天草のほうで、切支丹である旧領主の小西行長《こにしゆきなが》が豊臣家について滅んだあと、その家臣たちは浪人となり、領内の農漁村に居着き、島原の蜂起に呼応して乱の主動力となったという事情と似ている。とにかく、その直純が、父祖の国を捨て、日向（宮崎県）の延岡《のべおか》に移ると、元和《げんな》二年（一六一六）、新領主として大和《やまと》（奈良県）の国から乗り込んできたのが、切支丹ぎらいと目された松倉重政《しげまさ》で、騒乱から二十年まえであった。

当座は直純の居城である有馬の城であったが、島原に新しく築城した。その費用が領民への苛税《かぜい》のはじまるもとであった。

島原市内に江東寺《こうとう》という寺がある。境内では釈迦《しやか》の大きな、白い涅槃《ねはん》像が横長に寝ているのが目立つが、そのかたわらに、此の松倉重政と、同じく原城を攻めた板倉重昌の碑が仲よく並んでいる。両者、名前が似ていて、まぎらわしい。松倉のほうの碑文の要旨は、「産業を興し文化を高め、領民を思う心で政治を進められたが、幕府のキリシタン弾圧の犠牲となり、計画半ばで五十七歳を以《もっ》て永眠せられ」と美化されている。昭和三十三年の建立で、市民としてはむかしの旧領主を庇《かば》いたいのであろうか。

ただ、彼が戦国時代からの古強者《つわもの》らしい雄壮な気があったことは、「業半ば」という業で推測される。それは、当時は呂宋《ルソン》と称したフィリピンに押し渡ることであった。これについては、長崎県が編んだ『長崎県史』がくわしい。すなわち、寛永七年十一月、彼が急死する直前、長崎奉行《ぶぎょう》の竹中と組んで二隻の船を仕立て、下調べにマニラにつかわしている。幕府に対しては、日本に布教師を送り込ませている根拠地が呂宋であったから、その本源をたたくという切支丹撲滅《ぼくめつ》の名目を立てたが、真意は、領土拡張欲と貿易であった。

後者は、そのころの九州の諸大名に共通した強い願望であった。

松倉氏の圧政と天草

だから、切支丹《キリシタン》に対しては幕府から督促されるまでは寛大であったらしいが、それからは苛烈《かれつ》な禁圧を加えた。信者の拷問《ごうもん》で有名なのは、半島中央の高峰、雲仙嶽《うんぜんだけ》の中腹、いまの温泉町になっている地帯で、硫黄《いおう》を噴き出しながら白煙と悪臭をみなぎらせるどろどろの池があるが、そこに信者を浸けて責め殺すのである。

この「地獄」は、現在では噴出量も激減し、池も涸《か》れたにひとしく、昔日のおもかげは、草も生えぬ変色した荒涼《こうりょう》たる地肌にかろうじて残っているだけだが、上方に十字架が立てられ、殉教を弔う碑文が添えられている。助野氏は、重政《しげまさ》の急死は悶死《もんし》であった、という説を紹介しているが、だとすれば、信者を迫害した罪に責められたからだろう。

勝家《かついえ》の代になってからの搾取は増すばかりで、建築税、窓を開ければ窓税、煙草税、新生児には頭税、等々、ありとあらゆる方法をつくしている。また、滞納者は容赦なく牢《ろう》に入れた。それよりも領民にとっていちばんの重荷は、私的な検地を行なって石高をつり上げ、したがって納税高もつり上げられることであった。前記『長崎県史』はここを突いている。

島原半島地方の村落構造が有馬《ありま》氏時代から殆《ほとん》ど変化していないことをのべたが、松倉氏の施行した検地は、中世以来、村落内に勢力をもっていた名主的農民に対して深刻な打撃を与えたに相違ない。それは、島原の乱に参加した農民達が庄屋《しょうや》及び有力な農民あたりによって統制され、彼等の指導によって行動が起こされていることによっても、おおよそ推察し得るところである。

すなわち、行動がおこされた時点では、経済的理由であることは明らかであるが、耶蘇《やそ》教を排撃し、鎖国を断行してまでそれを徹底させようとするのが幕府の根本政策だから、今日、伝わっている関係文書は、『徳川実紀』はもとより、その趣旨に則して右の理由を抹殺《まっさつ》する。これに対して護教的な立場からものをいい、体制側の立てる宗教的理由を否定し、領主の圧政とするのは異国渡来の神父や外交官である。耶蘇教の信者が武器をとって争うことなどありえない、とする。

要するに島原の乱の真因は、島原城の造営や町づくり、移封でふくれて多すぎる家臣団の扶助、呂宋《ルソン》遠征計画の費用を賄《まかな》うための苛斂誅求《かれんちゆうきゆう》が、農民たちを蜂起《ほうき》に追いつめたことにあるといえる。それと前年は凶作であったこともそれに輪をかけたろう。彼らの大半が信者であったとしても、隣の天草《あまくさ》の信者たちのことを念頭において事をはじめたのではない。共同謀議は、すこしあとのことである。

このへんで筆をそのまま天草に移すことにしたい。

天草も、上島と下島を主とした島々からなる小さな国であるが、高い山はないが台地が多く、荒蕪《こうぶ》の土地柄で、明治期、南方へ出稼《かせ》ぎにいく「からゆきさん」のおもな出身地は、この天草と、そして島原とであったことからも、貧しい島であることがわかる。しかし、十六世紀の半ばごろ、ザビエルが渡来し、布教の口火を切って引き揚げてから、この島にもその余波が及び、それと同時に南蛮《なんばん》貿易がはじめられたころは繁盛する島であった。

当時は五つの豪族が割拠して、それぞれに切支丹とのつながりをもち、その開拓者がアルメイダ修道士であることはすでに述べた。政治的には、戦国時代の末期から秀吉の時代にかけては、九州の有力者であり、切支丹大名でもある大友宗《おおともそう》麟《りん》の影響下にあったから、好都合であったが、アンチ切支丹の島津《しまづ》氏によって大友氏が没落すると、やはりアンチ切支丹になり、その島津が秀吉に降参し、これも切支丹大名の小西行長《こにしゆきなが》の領地になると、はじめは抵抗したが、ふたたび切支丹になり、その行長が失脚して、かわりに肥後《ひご》全土が日蓮《にちれん》宗の加藤清正の支配下になると逆転する、という消長をくり返したのである。

しかし不便で辺鄙《へんぴ》な場所だから、迫害の難を避けるにはつごうがよく、長崎とともに、潜伏切支丹のもっとも有力な根拠地であった。神学校も設立され、遣欧少年使節が持ち帰った活版印刷機も据《す》えられ、宗教的にあるいは文学的に貴重な出版を行なった。

加藤氏も、有馬直純《なおずみ》の場合のように切支丹に手を焼いて天草から退き、唐津《からつ》の寺沢志摩守《しまのかみ》広高の領地となったが、これは不在地主みたいなもので、寺沢は富岡《とみおか》に城を築き、代人を置いた。天草の一揆《いっき》に攻められたとき、城代の三宅藤兵衛《みやけとうべえ》は敗れて自殺するが容易に落ちず、あきらめた天草勢は島を放棄して大挙、海を渡り対岸の島原半島の一揆と合流するにいたる。天草四郎を首領と仰ぐ天草勢が天草を捨てたのは、細川や寺沢の本国から援兵が来るからである。そのまえにいち早く島原に退避した総数が二千八百九十二人。うち、男が千百四十四人、女・子どもが千七百四十八人。

島原城

松倉重政《しげまさ》が前領主の居城を廃し、新城を築いた理由として、『長崎県史』は三点をあげる。すなわち、前領主の古い印象をぬぐい去りたいこと。つぎは、前領主の日野江城が半島の南のすみに片寄り、また構えが小さいこと。最後は、近世大名の経験から領地経営の抱負によって、城とともに城下町をつくること。城は完成までに四年間（七年ともいう）を要した。

JRの長崎線の終点からすこし手前の諫早《いさはや》が島原鉄道の起点で、その線路を有《あり》明沿《あけ》いに回りながら南下すれば、三、四〇分くらいで島原駅に着く。東海岸の中ほどに位し、半島の高峰で、十八世紀末には大爆発して町を壊滅させた雲仙嶽《うんぜんだけ》のふもとである。駅をおりると、目の前といってもいいほど非常に大きく見える、島原城の天守閣である。昭和三十九年、市によって復元、資料博物館として公開されている。

城は内外の二部からなり、外部は東西百九十間《けん》半（三四六メートル強）、南北六百六十間半（一二〇〇メートル強）。郭内の南隅に内郭がある。ここを天守閣のある本丸と二の丸が占めて、その周囲に堀をめぐらし、二の丸の北に花畠の丸という三の丸があり、居住用にあてた。外郭も堀をめぐらす、というのがだいたいの規模である。重政は築城術の大家でもあった。城の北側の下の地域が家臣たちの住居で、南北九町四十間、東西二町四十間。そのうちの一本の道路をはさんだ屋並みが現在でも、むかしのおもかげを残し、鉄筋のビルの事務所とか広告燈で飾る商店などを必要としない、つつましい住宅街となっている。

この二車線ほどの一本道は、鉄砲町といったそうで、たぶん、鉄砲を使うものたちが住んだのであろう。島原の名所のひとつとすらなり、城を見物したついでに歩いてみるといい。道の真ん中を小さな浅い溝《みぞ》が掘られ、この町が水の都と称されたほどに水が豊富であった名残である。市内の溝もむかしは冷たく、きれいな水が惜しげもなく流れていたが、自動車に占領されるいまでは、溝は埋められてしまっている。

天守閣の一階には切支丹《キリシタン》関係の資料が陳列されている。蒲鉾《かまぼこ》型だから切支丹墓だとすぐわかるのが三基、天守閣前の広場の北隅の小さな出丸の前に並んでいる。もちろん埋葬地から移されたもので、半島ではいままでに百二十基ほど発見されている。この出丸の一階が招魂社になっている。耶蘇教《やそきょう》と神道と公平を期したのであろうか。

さて、重政は一般町民を誘致して、城の東方と南方に町づくりをしたのであるが、有馬で蜂起《ほうき》した農民たちは勢いにのって城下に攻め寄せ、町は戦火の巷《ちまた》と化した。そのとき重政と勝家《かついえ》は、遠く江戸にいたことは既述のとおりである。

原城(旧名、春の城)

十月廿五日(あるいは廿六日)。一揆《いっき》、島原《しまばら》城を攻める。落ちず。

〃廿八日。天草勢蜂起《ほうき》

〃卅日。益田甚兵衛《ますだじんべえ》一家は宇土《うと》に住んでいたから残っていた妻とふたりの娘と甥《おい》が、細川家(加藤家の後任)に捕えられる。

十一月九日(十二日ともいう)。反乱の報、江戸に達す(征討の上使として板倉重昌《しげまさ》が任ぜられたことは既述したが、このとき柳生但馬守《やぎゅうたじまのかみ》が、出発した重昌を追ったが間に合わなかった、という逸話が伝えられている。板倉は三《み》河《かわ》〔愛知県〕地方の一万石余の小大名で、西国大名たちを統率することは無理だ。おそらく死を覚悟の出陣だから、有能の武士を死なせるのは惜しい、というのである）。

〃十四日。天草勢を本渡《ほんど》に迎え、富岡《とみおか》城代、三宅藤兵衛《みやけとうべえ》敗死。現在の本渡市を見おろす丘の上の殉教公園に、乱に殉じた信徒の首塚がある。

〃廿六日。板倉、九州の小倉に着き、征討の手はずを指令する。

十二月四日。細川勢を主にした幕府軍が天草に渡ったが一揆の人影無し。このとき島原勢は、島原城攻略をあきらめて、島原から南へ七里、廃城となっていた有馬の古城にこもった。その数、二万三千八百八十。うち、男一万二千三百三十、女一万一千五百五十。当時の半島人口の半ばに近かった。なかには心ならずも入城したもの、たとえば既述の山田のごとき、あるいは領主側のものの人質もあった。

一揆がはじまってからすでに五十日を経ている。これは、なにか事変があっても隣藩同士、上からの指図がなければみだりに兵を出してはならぬという法令があったからでもあるが、最初は、地方でよくある百姓どもの騒乱くらいに甘くみてかかったからである。この間、一揆のほうでは着々と守勢をかためることができた。事の重大に幕府は、こんどは重臣のひとり、老中の松平伊豆守《いずのかみ》を上使として追捕せねばならなくなった。

十二月十日。第一回攻撃、猪突《ちよとつ》して大失敗。

〃廿日。第二回。これも失敗。出兵した各藩が先を争ったり、無統制。守るほうは、ただの百姓の集まりではないことは既述した。鉄砲などの扱いにも慣れていたのである。そこで寄せ手のほうは、櫓《やぐら》を組んで城壁近くの拠点にしたり、ついには坑道を掘って城壁の下を潜《くぐ》り上がろうとくわだてたり、じわじわと辛抱することになった。

十二月廿八日。松平伊豆守の軍勢が小倉《こくら》に着く。

これを聞いた総大将、板倉重昌の心中はいかばかりであったろう。上置きとして松平が来ることは、彼への不信任にひとしかったからである。武士としてこんなに恥ずかしいことはない。松平が到着するまでに攻め落とさねば面目が立たぬ。

一月一日(寛永《かんえい》五年〔一六二八〕)。総攻撃。

正月元旦《がんたん》だからといって城中では油断していなかった。手ごわく応戦し、寄せ手はひるむ。重昌は金の采配《さいはい》を振って真っ先にのり出し、諸藩の軍勢を督励するが、退却した彼らはいうことをきかない。苛立《いら》った重昌は槍《やり》を取り、手勢だけで堀を渡り、乗り越えようとすると、上から投げおろす大石に兜《かぶと》をはねとばされながら屈しないで進もうとしたとき、鉄砲玉に乳の下を貫かれて落命した。

一月三日。松平伊豆守、島原着。持久策をとり、城中の食糧・弾薬の欠乏で弱るのを待つ。

〃十一日から半月間。平戸《ひらど》からオランダ船、デ＝ライプ号の廻航を請い、海上から砲撃させる。相当の効果あり。

これはしかし、内乱に外国を介入させたので問題であった。また岡田氏は、唐人の案による地下爆破の計画のあったことを記している。長崎の市民用の船着き場である大波土《おおはと》の、身長くらいの台の上に、直径二尺(約六〇センチ)ほどの鉄の丸い球が飾ってある。「大砲の丸」といいならしているが、そのとき使われようと

したものである。唐人の案とは、長崎の儒者が十八世紀末に著わした『長崎港草』にこうある。読みやすく書き直せば、

唐通事（中国語の通訳官）穎川官兵衛石火矢（大砲のこと）ヲ造ル。長サ九間、筒口指渡シ三尺、一タビ之ヲ放ツ玉薬（爆薬）千五百斤、玉ノ重サ百六拾壱貫六百匁アリ。船ニテ原ノ城下ニ遣ワシ、城際ニ穴ヲ掘通ス。城中ヨリ向イ穴（対抗スル穴）ヲ掘リ、雑水ヲ流シカケル故、用ニ立タズ。落城ノ後、玉ヲ当所ニ積ミ廻シケル。今大波止ニアル鉄玉是《これ》ナリ。

二月廿一日。城からの決死的夜襲。

〃廿七、八日。総攻撃。落城。山田右衛門作を除き、天草四郎以下、三万七千人、城を枕《まくら》に、あるいは崖《がけ》から身を投じて死す。

島原鉄道の南有馬駅でおり、東へ向かって五〇〇メートル、畑の中をのぼると城址へ達する。

東側の浅瀬から望むと、全体が小さな岬《みさき》をなして南北に長く有明《ありあけ》海に突き出た丘陵で、三方が海だから守るには適している。南北十余町、東西二町余、とはむ

かしの測り方だが、丘上の本丸跡と思われる平坦《へいたん》な広場は、大きなグラウンドみたいな感じで、行きずりの観光的な設備などはなく、若干の遺物や石碑があるだけで、訪れる客も少ないから、静かに往時がしのばれる。

天草四郎の首は長崎に運ばれ晒《さら》されたが、いつ、だれが建てたものか、広場の突き当たり、崖の上あたりに、いとも小さな墓石がひっそりとつぐなんでいる。四郎の墓である。

クラシックリバイバル好評既刊

日本名城紀行 1

第1巻は森敦、藤沢周平、円地文子、杉浦明平、飯沢匡、永岡慶之助、奈良本辰也、北畠八穂、杉森久英の9名が個性豊かに描く日本各地の名城紀行。

日本名城紀行 2

第2巻は更科源蔵、三浦朱門、土橋治重、笹沢左保、陳舜臣、藤原審爾、江崎誠致、戸川幸夫、大城立裕の9名が個性豊かに描く日本各地の名城紀行。

P+D BOOKS ラインアップ

P+D BOOKS ラインアップ

海市　福永武彦　●親友の妻に溺れる画家の退廃と絶望を描く

風土　福永武彦　●芸術家の苦悩を描いた著者の処女長編作

夜の三部作　福永武彦　●人間の〝暗黒意識〟を主題に描く三部作

夢見る少年の昼と夜　福永武彦　●〝ロマネスクな短篇〟14作を収録

加田伶太郎 作品集　福永武彦　●福永武彦〝加田伶太郎名〟珠玉の探偵小説集

廃市　福永武彦　●退廃的な田舎町で過ごす青年のひと夏を描く

P+D BOOKS ラインアップ

居酒屋兆治　山口 瞳　●高倉健主演映画原作。居酒屋に集う人間愛憎劇

血族　山口 瞳　●亡き母が隠し続けた私の「出生秘密」

家族　山口 瞳　●父の実像を凝視する『血族』の続編的長編

江分利満氏の優雅で華麗な生活《江分利満氏》ベストセレクション　山口 瞳　●〝昭和サラリーマン〟を描いた名作アンソロジー

血涙十番勝負　山口 瞳　●将棋真剣勝負十番。将棋ファン必読の名著

続 血涙十番勝負　山口 瞳　●将棋真剣勝負十番の続編は何と〝角落ち〟

P+D BOOKS ラインアップ

夢の浮橋　倉橋由美子　●両親たちの夫婦交換遊戯を知った二人は…

城の中の城　倉橋由美子　●シリーズ第２弾は家庭内〝宗教戦争〟がテーマ

ソクラテスの妻　佐藤愛子　●若き妻と夫の哀歓を描く筆者初期作３篇収録

山中鹿之助　松本清張　●松本清張、幻の作品が初単行本化！

白と黒の革命　松本清張　●ホメイニ革命直後 緊迫のテヘランを描く

花筐　檀一雄　●大林監督が映画化、青春の記念碑作「花筐」

P+D BOOKS ラインアップ

P+D BOOKS ラインアップ

眞晝の海への旅　辻邦生
●暴風の中、帆船内で起こる恐るべき事件とは

鞍馬天狗 1 角兵衛獅子　鶴見俊輔セレクション　大佛次郎
●〝絶体絶命〟新選組に取り囲まれた鞍馬天狗

鞍馬天狗 2 地獄の門・宗十郎頭巾　鶴見俊輔セレクション　大佛次郎
●鞍馬天狗に同志斬りの嫌疑！ 裏切り者は誰だ！

鞍馬天狗 3 新東京絵図　鶴見俊輔セレクション　大佛次郎
●江戸から東京へ時代に翻弄される人々を描く

鞍馬天狗 4 雁のたより　鶴見俊輔セレクション　大佛次郎
●〝鉄砲鍛冶失踪〟の裏に潜む陰謀を探る天狗

鞍馬天狗 5 地獄太平記　鶴見俊輔セレクション　大佛次郎
●天狗が追う脱獄囚は横浜から神戸へ上海へ

P+D BOOKS ラインアップ

ヘチマくん	遠藤周作	●太閤秀吉の末裔が巻き込まれた事件とは？
フランスの大学生	遠藤周作	●仏留学生活を若々しい感受性で描いた処女作品
春の道標	黒井千次	●筆者が自身になぞって描く傑作〝青春小説〟
裏ヴァージョン	松浦理英子	●奇抜な形で入り交じる現実世界と小説世界
快楽（上）	武田泰淳	●若き仏教僧の懊悩を描いた筆者の自伝的巨編
快楽（下）	武田泰淳	●教団活動と左翼運動の境界に身をおく主人公

（お断り）

本書は１９８９年に小学館より発刊された「日本名城紀行」シリーズを底本としております。
あきらかに間違いと思われるものについては訂正いたしましたが、
基本的には底本にしたがっております。
また、底本にある人種・身分・職業・身体等に関する表現で、現在からみれば、
不当、不適切と思われる箇所がありますが、著者に差別的意図のないこと、
時代背景と作品価値とを鑑み、原文のままにしております。

日本名城紀行 4

2018年4月15日　初版第1刷発行

著者　長部日出雄、五味康祐、尾崎秀樹
戸部新十郎、永井路子、邦光史郎
神坂次郎、北条秀司、田中千禾夫

発行者　清水芳郎
発行所　株式会社　小学館
〒101-8001
東京都千代田区一ツ橋2-3-1
電話　編集　03-3230-9727
販売　03-5281-3555

印刷所　中央精版印刷株式会社
製本所　中央精版印刷株式会社
装丁　おおうちおさむ（ナノナノグラフィックス）

Classic Revival

ISBN978-4-09-353106-1